AF613382

Critique du Juif Errant.

ROQUEPLAN

EMBÊTÉ PAR

JULES JANIN

Avant tout il faut être honnête.
JULES JANIN.

L'ingratitude est l'indépendance du cœur.
ROQUEPLAN.

Prix : 50 centimes.

En vente, 32, rue de Buffault.

1852

Montmartre, imp Pilloy frères.

CRITIQUE

DU

JUIF ERRANT.

Montmartre, imp. Pilloy frères.

Critique du Juif Errant.

ROQUEPLAN

EMBÊTÉ PAR

JULES JANIN.

Avant tout il faut être honnête.
JULES JANIN.

L'ingratitude est l'indépendance du cœur.
ROQUEPLAN.

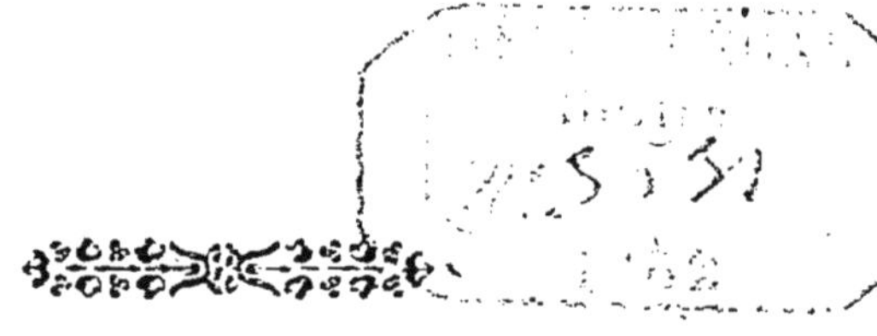

En vente, 32, rue de Buffault.

1852

Feuilleton du Constitutionnel, 2 mai.

LE JUIF-ERRANT,

OPÉRA EN CINQ ACTES,

Musique de M. HALÉVY,

PAROLES DE MM. SCRIBE ET DE SAINT-GEORGES.

Monsieur le rédacteur,

Puisque le *Juif-Errant* a été privé jusqu'ici de la critique du *Constitutionnel*, critique que je prévoyais sérieuse et bienveillante, permettez-moi d'user au moins de sa publicité et de remplacer une analyse raisonnée, instructive et compétente, par cette lettre, qui ne peut avoir d'intérêt que par le nom ou plutôt par la situation de celui qui l'a signée.

Situation assez étrange, en effet, qui déplace le point de vue du spectacle qui vient de se produire sur la grande scène de l'Opéra. L'observatoire n'est plus dans la salle, il est dans la coulisse : le général raconte la bataille qu'il a livrée, comme s'il avait pu la contempler froidement de la nacelle d'un ballon; c'est le justiciable qui parle et le ministère public qui se tait ; je me tends le dos et me le flagelle à coups de plume : ma main gauche attend le coup de férule que lui prépare ma main droite : je me gourmande et me donne des conseils dont je ne profiterai pas plus que s'ils me venaient d'autrui.

Mais soyez rassuré sur mon compte, je n'arriverai pas à de pareils excès. Après la rude besogne que je viens d'accomplir, je n'éprouve pour moi-même que de très bons sentiments; par le succès je me suis attiré toute ma bienveillance et ne parlerai de l'opéra nouveau qu'en très bons termes.

Depuis huit jours, la légende du *Juif-Errant* est commentée dans tous les feuilletons : pas un ne conteste que cette donnée soit dramatique et lyrique. Quand elle me fut proposée par les auteurs, j'appréciai les conditions de grandeur qui la relevaient, et la collaboration de M. Halévy me sembla une bonne fortune.

Il ne m'appartient pas de caractériser la manière de M. Halévy, d'analyser un génie qui depuis vingt-quatre ans illustre nos scènes lyriques; je n'ai qu'à répéter ce qu'a dit de lui le premier initiateur de ce beau talent à notre première scène lyrique : *Il fait grand*.

Faire grand, pour reprendre cette locution familière et pratique, c'est la première qualité du musicien qui aborde les cinq actes. Dès le premier jour il est jugé trop savant, mais on l'admire. *S'il fait léger*, on pénètre sa forme, on achève ses motifs commencés, on le fredonne, mais on ne le respecte pas.

Le librètto de MM. Scribe et Saint-Georges parut à M. Halévy contenir une grande et mystérieuse figure, de belles situations.

C'était la première fois que j'entrais en relation d'affaires avec M. Halévy (notre amitié mutuelle est ancienne), et mon admiration pour son talent n'était pas égalée par ma confiance en son activité. Je ne lui dissimulai pas que je le croyais atteint au troisième degré de cette adorable paresse qui distingue tant d'artistes et de gens d'esprit, et qu'à ce double titre il m'était bien suspect. Il y avait un Halévy paresseux, me dit-il; mais je vous ai trouvé un nouvel Halévy qui travaille vite; seulement, il faut qu'il se dérobe aux albums pour lesquels on lui demande des autographes, aux auteurs qui lui proposent de mettre Pharamond en musique, aux chanteurs qui veulent des auditions et une lettre pour le directeur de l'Opéra, aux gens du monde qui veulent des bêtes curieuses pour leurs dîners; il lui faut la solitude, la campagne. Et le maëstro partit un jour, par la rive droite, pour Saint-Germain, où il se mit à composer dès le 15 mai de l'an dernier.

Il n'y a donc pas tout à fait un an que la première note de cette œuvre immense est venue arrondir son point noir sur le papier réglé du musicien; et quand je pense aux tribulations, aux retards, aux découragements, à toutes les phases alternativement sombres et azurées qu'il a fallu traverserr pour arriver à cet enfantement, je ne puis le croire accompli, et le succès même ne m'a pas détendu les nerfs, tant ils ont éprouvé de crispations douloureuses.

Le Grand-Opéra passe assez généralement à Paris

et en Europe pour une machine lourde et indolente, qui ne pourrait jamais comme le Théâtre Italien, confectionner des chefs-d'œuvre à la semaine ; chaque peuple entend les arts à sa manière ; notre goût se révolterait contre des productions hâtives et mal attachées, sans richesse, sans recherche de mise en scène, propres seulement à faire valoir une ou deux belles voix à côté de voix éteintes, au milieu de haillons et d'oripeaux : — Le gros diamant monté à la turque, la belle femme mal attifée, le beau cheval mal attelé, le bel hôtel mal tenu, le grand dîner mal servi, n'ont aucun prix pour nous, et, en matière d'art, nous réussissons principalement par l'ensemble, qui n'est pas autre chose que le résumé de tout ce que fournissent l'esprit et le goût.

La partition de M. Halévy m'a été remise le 8 novembre. C'est donc à peu près six mois d'études qu'il faut compter. Or, six mois ne sont pas six mois à l'Opéra, mais seulement trois, attendu que, le jour de jeu, les artistes employés à la représentation ne peuvent se dépenser en répétitions sous peine de compromettre la bonne exécution de l'ouvrage donné le soir ; de sorte qu'en réalité le *Juif-Errant* n'a eu que 176 répétitions, y compris les études de rôles, les chœurs, les lectures au quatuor pour l'orchestre, les coupures, les raccords, 51 répétitions de mises en scène et 8 répétitions générales. Tout ceci soit dit pour absoudre M. Halévy, dans le cas où quelqu'un l'oserait accuser de lenteur ou d'incertitude.

L'ouvrage pouvait être prêt pour la fin de février dernier, si je n'avais payé à la grippe et au vent d'est un tribut qui doit m'acquitter envers tous deux pour plusieurs années. Mlle La Grua, la jeune et belle débutante, MM. Roger, Massol, Obin, Depassio, ont été successivement pris d'enrouements formidables ; Mme Tedesco a été le plus rudement éprouvée : c'était chaque jour une répétition contremandée, un désarroi général, une démoralisation complète.

Enfin la grippe m'a fait grâce, et j'ai pu présenter au public, aussi impatient peut-être que moi, cet ouvrage, sur lequel je vous demande à exprimer mon opinion, à présent que celle du public est faite et acceptée par moi avec reconnaissance.

La nouvelle partion de M. Halévy porte un cachet de transformation dont ce maître a lui-même la parfaite conscience, car, à quelqu'un qui en parraissait frappé, il a répondu : « On ne doit plus rien faire du jour où l'on ne peut plus rien apprendre. »

Il ne m'est pas permis d'énumérer un à un tous les morceaux du *Juif-Errant* en y accrochant une épithète laudative : de quelque variété que j'use dans l'emploi des adjectifs, je ne manque pas de déclarer que, sans exception, tous les morceaux sont excellents ; encore moins voudrais-je me hérisser de croches, agiter bruyamment les clefs musicales, faire l'enthousiaste en *la mineur*, ou le dégoûté en *mi bémol*. Heureusement pour les compositeurs, le directeur de l'Opéra n'est pas musicien ; mais il a pu observer que la partition du *Juif-Errant* est écrite avec éclat et simplicité ; que la pensée mélodique de l'auteur, exprimée avec franchise et soudaineté, ne s'égare jamais dans les sinus d'une instrumentation irrésolue et tourmentée ; que néanmoins ses combinaisons symphoniques restent grandes quoique saisissables, intelligibles sans devenir vulgaires.

Les gens du monde, les amateurs de premières représentations, qui se donnent, pour assiter à ces piquantes solennités, une peine dont je suis à la fois reconnaissant et embarrassé, car les parois de la salle ne s'élargissent par à ma voix, y portent avec eux des dispositions très-variées : les uns de l'enthousiasme (ce ne sont jamais mes amis), les autres de l'indépendance, ceux-ci de la mauvaise humeur toute préparée ou accidentelle, ceux-là la science infuse.

Il est des gens si bien doués, qui ont un cerveau si bien fait, les appareils oculaire et auditif si bien organisés, qu'ils peuvent, après les cinq heures d'une séance où leur esprit a été tenu en suspens, où tous leurs sens ont été vivement attaqués, se donner à eux-mêmes et répandre une opinion nette sur ce qui s'est passé. Ils ont la précieuse faculté de se reconnaître dans les incidents de l'action, les développements de la musique, de se retrouver dans ces sites et ces atmosphères variées, places publiques, oratoires, palais, mer, paysages, nuit, jour, crépuscule, ils ont cette force immense de pouvoir dire : Il y a de belles choses, mais c'est long.

Cette formule invariable qui n'a ménagé ni *Robert-le-Diable*, ni la *Juive*, ni les *Huguenots*, ni la *Reine de Chypre*, ni le *Prophète*, ni le *Juif-Errant*, je dois en convenir, n'a jamais rien d'alarmant ; dès la cinquième représentation elle se modifie ainsi : J'y suis retourné, cela m'a paru fort beau. C'est qu'en effet ce concours de masses, cette réunion gigantesque d'arts et d'artistes divers, la puissance de ce grand orchestre, l'éclat formidable de ces chœurs, la succession de ces décors merveilleux, tout conspire pour forcer le connaisseur à mûrir son jugement par plusieurs auditions ; c'est, en un mot que l'Opéra périrait s'il ne spéculait, comme les féeries du boulevart, que sur la curiosité et non sur la conscience du public.

Si j'arrive à parler du *Juif-Errant*, je voudrais bien éviter ici une scène de famille et ne pas dépenser ma sensibilité en attendrissements publics ; je ne puis cependant contenir mon effussion au point de refuser à tous les artistes le témoignage de ma reconnaissance pour le zèle, l'intelligence et la bonne humeur qu'ils ont montrés pendant le cours de ces travaux, quelquefois, hélas ! nocturnes ; plus d'une répétition a fini à l'aube, et dans les rues, sur le boulevart, l'on a dû prendre pour la débandade d'une noce ces groupes d'hommes, de femmes, d'enfants fatigués et riants, pâles et gais. Les soldats d'Italie, dépourvus de souliers et de pain, n'ont pas trouvé de lazzis plus spirituels et plus consolants que ceux d'un musicien de l'orchestre, dont j'offenserais la modestie en les citant.

Une innovation musicale, introduite dans la partition du *Juif*, préoccupe beaucoup les hommes de l'art, après avoir fortement ému le public. Je veux vous parler de la grande fanfare des instruments de Sax. Il n'est sorte de critique, d'observations, de comparaison que la vue de ces cuivres géants ne suscite. J'attends les caricatures.

M. Sax a voulu doter l'ouvrage de M. Halévy de ces nouveaux instruments, auxquels il a donné une forme antique, rappelant la *buccina* des Romains, le *kerem* des Hébreux, le *kéras* des Grecs, et a disposé les instruments de telle manière, que, pour les basses par exemple, la plus grande partie du tube, contournée d'après ses principes, pût se dissimuler sous le bras de l'exécutant, tandis que la portion qui termine, affectant la forme en question, se présente seule en avant, soit immédiatement pour les instruments du médium, soit après avoir passé derrière l'exécutant en remontant par dessus l'épaule.

L'orchestre de cuivre du troisième acte, le seul apparent, est composé de quinze personnes, savoir :

1	sax tuba	si bémol aigu.
1	id.	mi bémol soprano.
4	id.	si bémol contr'alto.
3	id.	mi bémol alto ténor.
2	id.	si bémol baryton.
2	id.	si bémol basse.
1	id.	mi bémol contre-basse.
1	id.	si bémol contre-basse.

Je ne parle que des instruments employés au troisième acte et visibles, parce que leur développement gigantesque, leur forme de boas enroulés, leurs pavillons béants comme des gueules de requin, et le costume étrangement riche des artiste qui les portent, n'ont pas moins que leur sonorité contribué à l'ébahissement de toute la salle.

Je conviens que le premier accord de ces cuivres, succédant à la musique mielleuse et piquante du *pas des abeilles*, s fait bondir sur leurs places quelques personnes occupées à chercher des yeux M. de Trois-Etoiles ou madame de X.; mais je ne me décourage pas et je crois que c'est affaire d'habitude.

On a dit que ce bruit était trop fort ; je demande : Trop fort par rapport à quoi?

Il y a environ vingt-cinq ou trente ans, les étalages de marchands de gravures contenaient une lithographie représentant un gros monsieur portant sur le ventre et battant une caisse, agitant avec les mouvements de la tête plusieurs chapeaux chinois, et par le choc de ses genoux un appareil compliqué de cymbales et de timbres. Ce monsieur c'était Rossini ; on disait de Rossini, parce qu'il avait usé plus largement des instruments éclatants, que sa musique faisait trop de bruit, comme on l'avait dit dans le dernier siècle, de toutes les musique qui avaient remplacé les dix-huit violons de la chambre du roi Louis XIV.

Il n'y a pas de règles fixes pour l'intensité des sens. Cela me paraît être une question de goût et de temps : il faut bien remarquer que dans chaque époque, tous les détails de mœurs arrivent à s'équilibrer, à prendre un niveau commun.

Est-ce que l'éclairage de nos maisons et de nos lieux publics n'est pas vingt fois plus brillant qu'il y a soixante ans ? On a dû dire de la première lampe Carcel : Cela éclaire trop ! On a dû le dire du premier bec de gaz. On a dit certainement en Egypte, en voyant la première pyramide : C'est trop haut !

L'agrandissement est une des formes du progès. Nous avons vu s'allonger les journaux, s'élargir nos trottoirs, le gaz égaler le soleil, les chemins de fer centupler la vitesse, les télégraphes lutter avec la parole ; nous avons des magasins plus grands que des casernes, nos armées sont nombreuses comme des peuples : c'est un paroxisme général qui aveuglerait, étourdirait, tuerait raide un ancien bourgeois qu'on ressuciterait pour le régaler des bienfaits de la civilisation moderne.

Qu'on en revienne au format du *Journal des Débats* en 1812, aux petites rues de la Cité, à la chandelle, aux pataches et aux coucous, aux boutiques des piliers des halles, que les armées soient réduites à l'effectif de la campagne du maréchal de Saxe, qu'on modère tous les paroxismes, alors je conviendrai que les instruments de Sax font trop de bruit. En bonne logique, le paroxisme de la sonorité ne peut s'arrêter qu'à une limite : le saignement des oreilles, comme le paroxisme de la lumière à l'aveuglement immédiat, et le proxisme de l'architecture de la tour de Babel.

Il est de mon devoir pourtant de rassurer le public. M. Halévy a fait une concession à la seconde représentation. L'attaque a cessé d'être brusque et violente ; les premières notes sont hypocritement assez douces, se renflent peu à peu et finissent par pénétrer lâchement le tympan par le procédé de la vrille.

Je n'ai pas d'opinion personnelle sur la valeur musicale des instruments de Sax. Cette opinion est d'ailleurs indifférente, car je ne me prends que comme un intermédiaire entre les auteurs et le public ; mais je pense qu'une innovation patronée par le nom d'un grand maître, et qui, par conséquent, ne peut être considérée comme une révolte contre l'art, doit être accueillie sur un théâtre qui, par sa dimension, sa richesse, et la légitime exigence du gouvernement et du public, est forcé de tenter ce qui est impossible ailleurs.

C'est ce sentiment de la mission que j'ai acceptée qui me conseille les magnificences dont j'entoure les ouvrages nouveaux, et me conduit à ce qu'on appelle le paroxisme de la mise en scène.

Je suis assurément, par devoir et par caractère, bien préparé à toutes les critiques, mais je ne m'attendais pas à celle-là.

Quelques écrivains de talent viennent de me reprocher les splendeurs de la mise en scène du *Juif-Errant* voulant que l'Opéra soit une espèce de bibliothèque, de cabinet musical, où l'art se livre discrètement à des rêveries intimes; oubliant que, par les lois de son origine et la volonté de son royal créateur, il a été destiné à jouer des *tragédies en musique ornées d'entrées de ballet, de machines et changements de théâtre*, ces nouveaux iconoclastes me disent avec une compassion qui ne m'a pas touché (j'en demande pardon) : « Malheureux! vous avez dépensé 150,000 fr.! si vous n'aviez pas réussi, qu'auriez-vous fait? » — D'abord, on ne réussit à rien quand on ne risque rien ; et puis, si je n'avais pas réussi, j'aurais établi le bilan mélancolique de mes pertes et tristement payé la différence de la dépense à la recette.

S'il faut enfin relever sérieusement ce reproche, que deviendraient l'art du décorateur, du costumier, du chorégraphe, que j'ai mission d'encourager et de faire vivre? Que deviendrait cet immense personnel, dont on m'a confié l'existence et la réputation? Que deviendrait cette renommée européenne qui porte dans toutes les capitales le nom et les productions de nos artistes, de nos décorateurs, de nos ouvriers?

Dans les grands théâtres étrangers, ne voyez-vous pas des décors peints par MM. Séchan, Desplèchins, Cambon, Thierry, Nolo, Rubé; des costumes, des souliers, des maillots, expédiés de Paris par le tailleur, le bonnetier et le cordonnier de l'Opéra!

Est-ce donc un grand malheur que M. Grangé, l'habile ciseleur, ait couvert d'une armure éclatante d'or et d'acier cette garde des Immortels et cette garde Varangienne dont j'ai trouvé l'équipement minutieusement décrit dans Walter Scott, le profond antiquaire ?

Est-ce donc bien regrettable que j'aie fait acheter chez un marchand d'estampes russes, établi sur le boulevard des Italiens, une précieuse collection de documents bysantins, et remuer une légion de bouquins à gravures sur bois, à l'aide desquels on a pu retrouver la coupe de ces vêtements de sénateurs, de grandes dames, de pages, ces détails intérieurs de palais d'une époque dont les vestiges sont rares !

Faut-il regretter cette vue d'Anvers du 1er acte ; cette ville de Thessalonique dans laquelle M. Séchan a jeté les rayons du soleil d'Orient qu'il a rapportés de Constantinople ; ce riant palais des empereurs au 3e acte ; ce tableau des ruines du 4e acte, magnifique traduction de l'immensité ; et ce tableau du jugement dernier du 5e acte, dont les péripéties se déroulent avec une rapidité si éblouissante, une précision de mécanique si ingénieuse.

On m'a objecté, quant à ce dernier tableau, que les diables étaient trop gais, et qu'ils besoignaient sur les damnés avec un entrain qui excluait la terreur. Il faut établir que, représenté soit au théâtre, soit dans les tableaux, l'enfer n'effraie pas, l'art plastique est impuissant à donner cette sublime angoisse : la foi seule l'a déposée dans nos cœurs ; les grands maîtres de la peinture, sur leurs toiles, les habiles sculpteurs du moyen-âge, sur les porches des églises, ont mêlé des scènes grotesques aux épisodes terribles de la damnation éternelle. Michel-Ange est allé jusqu'à l'indécence, Callot jusqu'à la farce ; et je n'ai pas vu d'inconvénient à ce que les diables exprimassent par des cabrioles la joie qu'ils éprouvent en voyant venir la riche proie qui leur est promise depuis la chute du premier homme.

Je ne veux pas abuser de la permission que j'ai prise de répondre à des critiques que je dois écouter avec l'humilité d'un homme placé à la tête d'un établissement national ; mais je suis forcé de contracter l'engagement public de ne rien ménager pour lui conserver son éclat et sa renommée.

Veuillez agréer, etc.

N. ROQUEPLAN, Directeur de l'Opéra.

Feuilleton des Débats, 10 *mai* 1852.

LA SEMAINE DRAMATIQUE.

OPÉRA : Honneurs inespérés accordés au feuilleton par M. le directeur de l'Opéra. — THÉATRE-FRANÇAIS : Incroyable reprise *ab irato* de *l'Ecole des Vieillards* ; le répertoire du Théâtre-Français à la porte... Saint-Martin ! — OPÉRA-COMIQUE : Reprise des *Voitures versées* ; Mlle Favel. — THÉATRE DU PALAIS-ROYAL : *Soufflez-moi dans l'œil*, par MM. Labiche et Marc Michel ; *une Femme terrible*, un acte, par MM. Dupeuty et Paul Vermont ; *les sept Femmes de Barbe-Bleue*.

Quelle joie et quelle fête inespérée, ah ! monsieur le directeur, quel honneur pour le feuilleton ! Et les lettres qui se plaignaient tout bas qu'elles manquaient un peu d'air au soleil ! Voici M. le directeur de l'Opéra qui leur tend enfin une main secourable. O les pauvres petites belles-lettres ! elles avaient grand besoin de cette ingénieuse et toute-puissante consolation !

Il me semble et que je l'entends, et que je le vois, du haut de mon grenier, ce célèbre directeur de l'Académie insigne de Musique en ses pompes, en sa gloire, accordant un regard de bienveillance et de protection aux colonnes d'en bas, à ces déplorables colonnes d'en bas, inconsolables d'être tombées en la disgrâce de cet Amphion olympien. — Ça, dit-il, puisque je suis en veine, en triomphe, en succès, il faut que les plus petits en aient leur part ! Que l'on m'apporte, et tout de suite, une plume d'oie, une feuille de papier écolier, et que mon encrier se remplisse à l'instant même d'une belle encre de la Petite-Vertu ; je veux montrer à ces bonnes gens comment, sur un coin de la table, entre deux bons mots, un galant homme de mérite peut écrire, en se jouant, un petit chef-d'œuvre ! Ainsi il a parlé, et tout de suite, au fil de la plume, il a tracé ces lignes savantes et légères, qui, pendant huit jours de relevée, ont tenu le monde attentif. Chef-d'œuvre excellent et à deux fins : il a humilié la critique en l'honorant !

..... Pleurez, mes yeux, et fondez-vous en eau,
La moitié de moi-même a mis l'autre au tombeau !

Cette moitié de nous-mêmes, c'est M. le directeur de l'Opéra. Pleurons, mes frères, et soyons heureux ! Nous avons été vaincus, mais par un des nôtres; nous sommes humiliés, mais par un maître.

Attaquons, s'est-il dit, dans leurs propres foyers,

ces conquérants si fiers! O gloire! ô honte! ô critique immolée à la façon de ces victimes couronnées de fleurs que Tibère, au dire de Tacite, égorgeait sur l'autel de l'Adoption!

Oui, je suis bien humilié et bien content; oui, ma joie égale ma tristesse, et Jean qui pleure et Jean qui rit ne se sont jamais livré l'un à l'autre une plus charmante et plus douloureuse bataille. Aussi bien, je ne vais pas tenter de répondre à cette sortie honorable à travers mes domaines envahis. Ceux qui vont mourir te saluent, homme triomphant; au besoin, ils se jetteraient, pour te remercier dignement, sous les roues de ton char, à la façon des esclaves de l'Asie. O jour trois fois heureux, qui a vu éclore à la face du ciel ce feuilleton daté du Sinaï de l'Opéra! O magnificence! ô grandeur! Et songer que cette œuvre énorme a pour toute préface une humble excuse, à la façon des gens de lettres les plus timorés: « Permettez-moi, s'écrie-t-il en s'abaissant (la toute-puissance suppliante), d'user *au moins* de votre publicité! » Qu'est-ce à dire, *au moins?* Usez-en tout à fait, Monseigneur; la publicité est au moins votre humble servante! *Au moins!* Il avoue aussi (tant de bonté!) que ce petit morceau oratoire ne peut avoir d'intérêt que par le nom, ou plutôt par la *situation* de celui qui l'a signé: « *situation* qui *déplace* le point de vue du spectateur! » Ingénieuse définition! une *situation* qui *déplace!* Ça revient à la solution de ce problème: « Ouvre la bouche et serre les dents! » Cette *situation*, quand elle a tout *déplacé*, fait de la *coulisse* un *observatoire*, et cet observatoire, à l'instant même, devient la nacelle d'un ballon! Du haut de ce ballon, le directeur de l'Opéra devient le général qui raconte la bataille qu'il a livrée, une façon de Jules César écrivant ses *Commentaires*. « Il tenait également la plume et l'épée! » Eh bien! M. le directeur de l'Opéra, dans cette *position mobile*, ne tient pas une épée, il tient une *férule* (*tristes ferulæ*, dit Martial). « Je me tends le dos et je me le flagelle à coups de plume. (Ainsi il parle.) Ma main gauche attend le coup de férule que lui *prépare* ma main droite. »

A tout événement le sage est préparé!

Enfin, dit-il encore, « je me donne à moi-même de *très-bons conseils* dont je ne profiterai *pas plus* que s'ils me venaient d'autrui! » C'est encore un de ses bons mots. Cependant si ces conseils étaient vraiment très-bons, pourquoi donc M. le directeur de l'Opéra n'en profiterait-il pas, tout comme il va profiter, j'en suis sûr, de ce coup de férule si bien *préparé*, de cette flagellation à coups de plume sur le dos? On s'instruit à tout âge, et celui-là, dit un philosophe, a remporté une grande victoire qui se châtie étant victorieux!

M. le directeur de l'Opéra, quand il entreprenait ce discours *pro domo suâ*, était poussé par l'inquiétude et par l'ennui de ne plus voir arriver la critique du *Constitutionnel!* Elle était en retard de huit jours, et M. le directeur de l'Opéra s'agitait et suait d'ahan dans *sa situation*. Voilà pourquoi il nous a fait l'honneur de mettre la main à la plume et d'empiéter sur notre humble profession. Ainsi l'empereur Napoléon a monté la garde d'un factionnaire endormi! Ainsi le grand Condé arrosait des œillets

De cette main qui gagnait des batailles!

Ainsi, chaque année, au printemps, l'empereur de la Chine enseigne à ses peuples le grand art de l'agriculture! En un champ des plus belles fleurs, S. M. daigne tracer un sillon, tenant de sa main royale une charrue au soc d'argent, au timon d'or!

J'aime, au premier abord, cette impatience, et je la loue. On y voit un homme, eh! que dis-je? un directeur de l'Opéra qui se méfie à raison de ses propres conseils, qui n'aime pas à se flageller lui-même, et qui trouve sa propre férule assez mal préparée. Ingénuité, bon sens, modestie, il y a de tout dans cette méfiance de soi-même. Il a peur de se trahir lui-même, dit Plaute; il est rassasié de lui-même et de ses propres années : *ætate et satietate!* et le poète latin part de là pour louer son héros outre mesure. A la bonne heure, et M. le directeur de l'Opéra mériterait *au moins* la même louange si l'on ne s'apercevait pas bientôt que tout ceci est ironie. Il se moque à bon droit de la critique, et de la férule, et des flagellations de sa plume! Il a beau nous raconter qu'il va se donner de *bons conseils*, uniquement pour se divertir, il ne tient aucune de ses promesses! Fi! vous dis-je; il se plaignait tout à l'heure que la critique était en retard avec l'Opéra, vingt lignes plus loin il trouve qu'elle est en avance! Il se plaint de ces *appareil oculaires et de ces appareils auditifs* si bien organisés, qu'une audition suffit au propriétaire de ces appareils pour dire à coup sûr: Voilà une belle œuvre! Quoi! votre appareil auditif vous annonce, *hic et nunc*, que Mlle La Grua est une jeune et habile artiste et que Massol est un grand tragédien, et vous osez applaudir Massol et Mlle La Grua! Quoi! votre *appareils oculaire* est touché de la grâce et de la légèreté bondissante de cette aimable et jeunette Bagdanoff en son réseau d'abeille empourprée, et vous osez tout de suite applaudir Mlle Bagdanoff? Quoi! votre appareil se mêle de distinguer la *nuit* du *jour* (ça y est en toutes lettres), et vous vous en fiez à cet insignifiant appareil? En vérité, il n'y a que les critiques pour se permettre, en si peu de temps, ces jugements téméraires. — Il fait nuit! — Il fait jour! — M. Halévy est un grand maître! — Il vient d'écrire une belle chose, et les décorations du nouvel opéra sont magnifiques. Haro donc sur les hardis personnages qui osent trancher tout de suite une question de cette importance! Il y a quelque part à Paris une tête qui vous dit en un clin d'œil le carré de trente-quatre billions multipliés par cent, trois mille trillions et quart de centillions..... au compte du directeur de l'Opéra, cette tête est folle; son appareil *auditif* est en mauvais état! Le directeur de l'Opéra maudit les critiques parce qu'ils osent *répandre* une opinion *nette* sur tout ce qu'ils ont vu et entendu. Si l'opinion répandue était *nette* à demi, ces messieurs pourraient être excusés à la rigueur; mais une opinion *nette*, au milieu de cette *confusion gigantesque d'art et d'artistes divers*; une opinion nette, au milieu de ces décors merveilleux, et sans que le critique ait *mûri son jugement* par plusieurs *auditions*; une opinion *nette* à propos de ces *sites et atmosphères variées;* places publiques, oratoires, palais, mer, paysages, nuit, jour, crépuscule! y pensez-vous? Une place publique, un oratoire, un palier, un océan, c'est si difficile à reconnaître nettement, à la première audition ! Ceci dit, notre homme est content, il triomphe, il s'applique en son par dedans cette opinion d'un ancien : L'opinion, qu'est-ce? une rumeur ! Arrive l'homme habile, il fait de cette rumeur un jugement sans appel.

Ainsi la *rumeur* nous est permise, et tout au plus ! ainsi nous pouvons dire *vaguement*, et encore : — Avez-vous vu ce beau palais? avez-vous admiré ce *boudoir?* avez-vous entendu ces cuivres énormes? M. le directeur de l'Opéra nous permet ces hardiesses. Homme bon et généreux ! — Plus tard, mes amis, plus tard vous direz : L'océan est bleu ! le boudoir est rose, et la place publique est vaste ! Et plus tard, vous direz encore : Il y a dans le *Juif-Errant* un admirable trio, chanté par Roger, Massol et Mlle La Grua ! plus tard, mes enfants, plus tard ! Il s'agit, songez-y, d'une œuvre *gigantesque*, et vous avez besoin de *mûrir* votre jugement. En attendant, je suis là, moi, votre directeur, pour vous suppléer ; dormez en paix et laissez-moi faire ! Je sais ce qu'il faut dire, et croyez-moi ! J'ai marché sur cet océan, je me suis promené sur cette place, et j'ai boudé dans ce boudoir ! Plus tard, mes enfants; plus tard ; après moi, si quelque chose reste à dire, eh bien ! vous le direz, je le veux bien, j'y consens, je le permets, à condition cependant que vous me démonterez par mon programme et que vous ne dérangerez pas mon *Communiqué !* Donc, prenez patience, ayez bon courage et soyez humbles comme il convient à des gens qui n'ont pas mis la main à ma pâte ! Je suis plus jeune que vous, c'est vrai, mais j'ai l'âge d'Alexandre, et je suis vieux comme lui, si l'on compte mes années par le nombre de mes victoires ! A ce discours, couleur d'*opéra brûlé*, les critiques, touchés de componction, ont promis tacitement d'être plus sages et plus réservés à l'avenir.

Quant à lui, M. le directeur de l'Opéra, son appareil oculaire et son appareil auditif, *son nom* et sa situation lui permettent tout de suite de faire un barbarisme (1, dit l'*Art poétique*, il faut que les rois eux-mêmes obéissent à la grammaire). A l'aide de son barbarisme il décide, et nettement, que M. Halévy *fait grand* ; « *Faire grand*, dit-il, c'est la première qualité du mu.

sicien qui *aborde* les cinq actes ! » Si par hasard il *n'aborde* pas les cinq actes, le musicien a le droit du *faire léger !* A ce compte, *Moïse* et le *Freyschütz* sont des *faire léger;* la *Muette* est du *faire grand.* « Le *faire grand* est *jugé* trop savant, mais on l'admire ! on *fredonne* le *faire léger*, on ne le respecte pas! » Ceci est dit mot pour mot. A-t-on *respecté le Barbier?* a-t-on *respecté la Gazza?* a-t-on *respecté le Déserteur?* a-t-on *respecté Don Juan?* On les *fredonne*, et encore ! *Abordez* les cinq actes, et vous serez *respecté!* Voilà la chose ! Et tant pis pour qui fait petit, pour qui fait rond ou carré; il faut faire grand. Grand comme quoi? M. le directeur de l'Opéra est en *situation* de vous le dire. Il a sa mesure, il a sa règle, il a son mètre; il appelle *grand* ce qui est au delà du possible, à côté de l'impossible, et même un peu au delà. Le géant du café Mulhouse était un homme grand, à ce compte. — Pardon, Sire, disait un général d'armée, à l'empereur, qui se haussait pour atteindre au dernier rayon de sa bibliothèque, je suis plus grand que vous. — Dites plus long, répondit l'empereur. L'ogre dans les Contes de la mère-grand, la pyramide au milieu des sables, les dieux indous et la grosse caisse, voilà qui est *grand*, au *compte* du critique de l'Académie admirable de Musique. Il ne tient pas compte des proportions le moins du monde ; il ne sait pas que la beauté est la vraie grandeur. Quand il a dit le *grand* Opéra, il se figure qu'il a tout dit; et si dans ce grand Opéra, il bâtit de grande machines, il se frotte les mains de joie, il a fait grand, il a taillé dans le grand ! il est content de lui-même, et, loin de se flageller avec ce qu'il appelle sa plume, et loin de se donner de grandes férules, il se prépare à soi même une ovation, un triomphe, une apothéose. « On croit, dit-il (à qui la faute?), on croit généralement que l'Opéra est une machine *lourde et indolente*, » et tout de suite il raconte, à qui veut l'entendre, avec quelle habileté et quelle grâce il a su conduire à bon port cette lourde et indolente *machine* dont il est le machiniste en chef. Entre deux Halévy qui existaient il y a un an, l'Halévy paresseux et l'Halévy qui travaille vite (ici M. le directeur *fait léger* après avoir *fait grand*), il a choisi l'Halévy *qui travaille vite*, un Halévy qu'il a dérobé habilement aux albums, aux autographes, aux chanteurs sans emplois, « aux gens du monde qui veulent des bêtes curieuses pour leurs dîners ! » Admirez ici ce mot *pour;* des bêtes curieuses à leur dîner, cela veut dire un convive; une bête *curieuse* pour son dîner, cela veut dire un faisan doré en temps de chasse prohibée ! Il y a du *pour* et du *contre* en toutes choses, il n'y a rien *pour* ce *pour*, qui est une grosse et lourde machine contre la grammaire et le bon sens. Un jour viendra pour nos neveux où, sur la foi de M. le directeur de l'Opéra, ils croiront que M. Halévy a été croqué à belles dents !

Or, cet Halévy-*travaille vite*, une fois découvert, a donné bien des inquiétudes à M. le directeur de l'Opéra. « Quand je pense, dit-il, aux tribulations, aux retards, au découragement, à toutes les phases sombres et *azurées* qu'il a fallu traverser pour arriver à cet *enfantement*, je ne puis le croire accompli ! » Ne dirait-on pas, à entendre ces gémissements et ces plaintes, que nous sommes dans un de ces pays reculés où c'est l'usage que l'homme se mette au lit pour se reposer des couches de sa femme? Et que dit-il encore, ce malheureux homme en mal d'enfant, quand il pense au *tribut* qu'il a payé à la *grippe* dans la personne de ses artistes! Vraiment il a encore mal à la poitrine de Mlle La Grua, à la gorge de M. Roger! « Enfin, dit-il, la grippe *m'a fait grâce!* » Et ceci veut dire que Mme Tedesco a cessé d'être enrouée, et que M. Depassio a retrouvé sa belle voix. La grippe m'a fait grâce! On se rappelle à ce propos cette parole d'un loustic qui disait : « J'aime mieux être blessé à la tête de mon régiment qu'à la mienne! » Et comme on est heureux de trouver tant de bonne plaisanterie au beau milieu d'un feuilleton parti de si haut!

Je l'aime, à vrai dire, ce feuilleton! Sa répartie est vive et son mot est clair! il est écrit à la diable, à la façon d'un grand seigneur barbouillé de tabac d'Espagne, qui méprise la peine, et qui croirait se compromettre à trop se gêner pour de petites gens. Il ne faut pas trop *se dépenser*, c'est un mot de M. le directeur; à quoi bon d'ailleurs une dépense inutile. Ainsi quand il a dit que M. Halévy *fait grand*, il se croit quitte avec cette partition du *Juif-Errant*, qui renferme des beautés du premier ordre; quand il a dit que ses chanteurs l'ont rendu malade avec leur grippe, il s'arrête, il ne dit pas un mot de ces grippés qui l'ont fait tant souffrir. « Je voudrais bien éviter, dit-il, une scène de famille, et ne pas dépenser ma sensibilité en attendrissements publics. » Il me semble en ceci que sa peur est exagérée, et que le bonhomme n'est pas sensible à ce point-là. A aucun prix, dit-il encore, il ne consentirait à *accrocher* une louange laudative à tous les morceaux du *Juif-Errant*. Que dites-vous du verbe *accrocher?* et ne croirait-on pas que le *Juif-Errant* est en effet aux *crochets* de M. le Directeur de l'Opéra? On *n'accroche pas* une louange sincère et loyale à une belle chose, on *accroche* des haillons à de viles murailles, et le crochet n'a rien à voir à une louange méritée. A force de *faire léger*, on tombe dans l'inconvenance. On aurait honte d'être un puriste, on écrit en style de chiffonnier.

Que si vous allez aux théories de M. le directeur de l'Opéra, vous trouverez qu'il y aurait bien à reprendre à ces aimables paradoxes! Par exemple, à propos du Théâtre-Italien, de ses chefs-d'œuvre et de ses grands chanteurs, M. le directeur du grand Opéra s'abandonne à une étrange accusation. « L'Opéra, dit-il, ne *pourrait jamais* (petit style) *confectionner* des chefs-d'œuvre à la semaine; notre goût se révolterait contre des productions *hâtives si mal attachées*, sans richesse, sans recherche de mise en scène, propres seulement à faire valoir une ou deux belles voix *à côté* de voix éteintes, au milieu de haillons et d'oripeaux! » Vous l'entendez! Et il ajoute: « Le gros diamant *monté à la turque*, la belle femme *mal attifée*, le beau cheval *mal attelé*, le *grand* dîner *mal servi* n'ont aucun prix pour nous, *et* en matière d'art nous réussissons *principalement* par l'ensemble, qui n'est pas autre chose que le résumé de tout ce que fournissent l'esprit et le goût. »

Ah! juste ciel! qu'un homme est heureux d'avoir tant d'esprit sans le vouloir et sans le savoir! A ce compte, un beau cheval va porter la peine d'un méchant harnais, et le harnacheur habile d'une rosse va faire un beau cheval. A ce compte, on va cracher sur le *Ko-i-nor* ou le *Sanci* monté en or, à *la turque*, et la couronne royale se couvrira de strass bien monté ! Vous êtes belle et jeune et dans tout l'éclat de vos vingt ans, Madame ; prenez garde que vos chiffons soient de la belle faiseuse, et mettez-vous à l'abri favorable du *Journal des Modes*, sinon Mlle Mogador, à son âge, prendra le pas sur vos vingt ans ! Il a dit *attifée*, il dirait *chiffonnée*. On dit aussi *mastiquée*, en style familier. Attifée, une beauté attifée ! Il l'a dit, en homme de haut goût, et l'on se demande en effet, voyant la Vénus de Milo, quels étaient les artifices de cette divine beauté. « Je suis la première qui ait porté du clinquant dans la ville de Bordeaux ! » dit une vieille coquette dans une pièce de Le Sage. Attifée ! Et que dites-vous de *cet ensemble*, qui n'est autre chose qu'un *résumé*, le résumé de tout ce que peut fournir l'esprit et le goût, l'esprit à atteler un cheval, à préparer un repas, l'esprit à choisir des étoffes, à commander un chapeau ! On s'y perd. Donc voilà le Théâtre-Italien bien malade et bien perdu sous les coups de ce Jupiter-Tonnant !

Il est vrai qu'avec un peu d'audace on pourrait répondre à M. le directeur de l'Opéra : — Monsieur et cher confrère (pardon), il me semble que vous êtes, à propos de la nécessité des costumes et des décorations, en opposition avec tous les grands poëtes de l'art dramatique, en opposition avec les vrais poëtes comiques, les vrais poëtes tragiques, les vrais musiciens, le vrai art du bon Dieu, l'art qui se suffit à lui-même et qui règne seul au sommet de la colline où montent tous les encens ! La tragédie antique ! — un peu de feuillage, et tout était dit ! Molière entier, on le joue avec deux décorations uniques : une place, une salle ; un palais unique suffit à Corneille, à Racine, à Voltaire ; le tombeau de Ninus fut longtemps un spectacle hardi ; les vrais amateurs se sont voilé la face à l'aspect du bûcher, dans la *Veuve du Malabar !* On n'insiste pas, on vous montrerait tout le vrai théâtre, en résumé, dans une suite de trois ou quatre toiles enfumées, et le rire et les larmes, et la pitié et la terreur poussés à un degré inconnu, par une douzaine de comédiens et de comédiennes dans leur habit de tous les jours ! — Eh ! que je suis bête d'aller chercher si loin mes exemples en faveur de ce malheureux Théâtre-

Italien, la joie et l'orgueil impérissable de la musique en ses triomphes suprêmes... mon exemple, et mon exemple sans réplique, il est au fond du grand Opéra dont vous êtes le directeur; je vais le trouver au milieu de vos plus belles décorations, de vos plus grandes splendeurs, dans cette foule incroyable de paysages, de palais, de salons; je ne dis pas comme vous d'*atmosphères*, car je ne sais pas ce que vous voulez dire avec votre *atmosphère* (il aura voulu écrire hémisphère, l'infortuné); en un mot, prenons pour exemple votre chef-d'œuvre de décoration, et le chef-d'œuvre en même temps du Théâtre-Italien, *Don Juan*, puisqu'il faut l'appeler par son nom; *Don Juan, le chef-d'œuvre de la scène lyrique!* On l'avait traité au grand Opéra avec une profusion que même le directeur actuel ne démentirait pas! On nous avait montré, à travers ce chef d'œuvre éblouissant, toutes les splendeurs et toutes les magnificences. — Dans cette rue où se font entendre les deux épées, se dressait la maison du commandeur; dans ce paysage à la façon des Florentins s'étendait le parc de Don Juan; la scène du bal était-elle assez magique? et la rue où se dresse la maison d'Elvire, en cette nuit éclairée, était-elle assez profonde? Et que disiez-vous du tombeau et de la statue en marbre, sous son dôme, et quoi de plus riche et de plus beau que la salle où se tient le banquet, et cette salle croulante aux bruits solennels du *Requiem* de Mozart? A cette œuvre énorme avaient concouru les plus habiles peintres de ce temps-là : MM. Cambon, Feuchères, Séchan, Cicéri, Despleschins; en un mot, c'était un opéra *attelé, attifé, servi, monté, confectionné, attaché*, un *paroxysme*, quoi! Les danses étaient magnifiques, et la musique était livrée aux plus grands chanteurs du grand Opéra... Dites-nous, Monsieur, qui faites vite et qui faites grand, quel fut le résultat de cette prodigalité et de cette dépense? — Au bout de trois jours, on savait ces décorations par cœur, et ces riches costumes n'étonnaient plus personne! Au bout de trois jours, les amis de ce grand art s'apercevaient que le grand Opéra, en ce temps-là comme aujourd'hui, n'avait que deux ou trois chanteurs à opposer à ces six rôles magnifiques; enfin, au bout de trois jours, c'était à qui regretterait le Théâtre-Italien, le théâtre nu, dépouillé, badigeonné par un peintre de carrefour, où se faisaient entendre ces virtuoses fameux qui ont rendu inutiles toutes les décorations de la fantaisie à cheval sur le coffre de l'Etat : on prononçait tout haut, en plein Opéra, en présence de ces fêtes royales, les noms charmants, les noms récents, les noms étrangers : Sontag, Malibran, Julia Grisi, Lablache, Rubini, Tadolini, Mainvielle Fodor! Tout ce velours, tout cet or ciselé, toute cette peinture on l'eût donnée sans regrets pour entendre un instant le vieux Garcia ou la Barilli ! Vos costumes, vos armures, votre *résumé* dans votre *ensemble* et votre *ensemble* dans votre *résumé* pâlissaient aux souvenirs les plus lointains, au souvenir de Tacchinardi et de Porto! Et que nous font les *oripeaux*, que nous font les *haillons*, pour parler comme vous parlez ? Est-ce que l'art de Rubini a rien à voir avec le talent des couturières ? Est-ce que je m'inquiète du jupon de Zerline ou du voile de dona Anna ? Prenez garde, à force de célébrer le costume, que l'on ne dise de vous ce que disait Malherbe de lui-même : qu'il se connaissait en musique et en gants ! — Voyez un peu le beau rapport qu'il y a de l'un à l'autre ! » disait Tallemant des Réaux.

Heureusement que s'il se connaît en *gants* et autres attifaux M. le directeur de l'Opéra ne se connaît pas en musique ; il l'avoue enfin, et d'assez bonne grâce « Heureusement, dit-il en toutes lettres (j'aime assez *heureusement !*), le directeur de l'Opéra n'est pas musicien ! » et c'est pourquoi peut-être il parle de *l'art du costumier ;* et justement, parce qu'il n'est pas musicien, il entreprend à perte de vue, on peut le dire, une dissertation à propos des *cuivres* de M. Sax. De si beaux cuivres, si pittoresques et si commodes ! Voyez-moi ces *tubes contournés* sous le bras et *remontant derrière l'épaule ! boas enroulés ! pavillons béans ! gueule de requins !* et d'un *paroxysme* idéal ! Car voilà où cela vous conduit de *n'être pas musicien !* On se figure *qu'il n'y a pas de règles pour l'intensité du son*, et l'on écrit, sans hésiter, que le *paroxysme de la sonorité* n'a pas d'autres limites que le *saignement d'oreilles !* O mes amis ! Sax et le canon, la tour de Babel et le soleil africain vous représentent quatre grands paroxysmes ! Le paroxysme ! ah ! ah ! il est le roi du monde ! Il a remplacé la chandelle par la bougie, la rue par le trottoir, le sentier par le chemin de fer, la lampe carcel par le bec de gaz, le flageolet par le Sax-beugle ! Le paroxysme ! Eh ! le maréchal de Saxe était déjà le paroxysme du vicomte de Tureune ! On crie à l'abus, laissez crier ; l'abus, c'est le *paroxysme*, et le paroxysme, c'est *l'agrandissement*, et *l'agrandissement*, c'est le *progrès*. — Et voilà pourquoi votre fille est muette, et voilà pourquoi M. votre fils est sourd !

Paroxysme, à la bonne heure, et le mot restera, bien que M. Halévy, comme un grand artiste intelligent de toutes choses, ait modéré à la seconde représentation de ce bel opéra le *paroxysme* de la première représentation ! Il a trop de goût, trop d'imagination, de bel esprit et de talent, M. Halévy, pour ne pas assigner de limites à la *sonorité* de son orchestre, et pour *faire saigner les oreilles* du public qui l'écoute en l'admirant. Même j'imagine qu'il aura été quelque peu étonné de l'étrange louange *accrochée* à son œuvre, en dépit de cette savante dissertation où il est prouvé que la trompette s'appelait *buccina* chez les Romains, *keras* chez les Grecs, *kerem* chez les Hébreux ! O la belle science ! Et l'on se moquait autrefois de cet avocat s'écriant : « Songez donc, Messires, que notre partie adverse, qui est un *artopoios*, c'est à dire un boulanger, nous a privés même du pain, de ce pain que les Grecs appelaient *to arton.* » On ne sait pas la musique ; on sait le latin, on sait l'hébreu, on parle grec ! bien que ce soit un peu tard : *Braduglutlos*, disait Aristophane à un vieux Perse. Ainsi tout se compensee ! Il y avait, pas loin d'ici, un libraire qui ne savait pas lire, et qui battait du tambour ; il a fait une grande fortune !

Il y a de tout dans ce bel article du directeur de l'Opéra ; il y a même une assez grande ignorance des choses qu'un directeur de l'Opéra devrait savoir, surtout quand on a le bonheur (assez peu rare) que ce directeur ne sache pas la musique ! Ainsi, à propos de la musique du roi Louis XIV, comparée au *paroxysme* de l'Opéra actuel, M. Nestor. Roqueplan parle avec le plus profond mépris des *dix-huit* violons de la chambre du roi, et il semble croire que le roi Louis XIV n'avait à son service que *la bande des vingt-quatre*, comme on disait alors :

Y compris les airs et les sons,
De vingt et quatre violons....

disait la *Gazette de Loret;* vingt-quatre et le conducteur, c'est-à-dire vingt-cinq ; or ce nom générique de violons représentait tout un orchestre, à savoir : trombonne, clavecin, cor anglais, luth, violes d'amour, harpe, du mot grec *arpé*. Harpe *en vient*, dit la racine grecque; elle dit aussi : à pédant, pédant et demi ! Dans *les Plaisirs de l'île enchantée*, une des fêtes du Versailles naissant, on voit trente-quatre concertants fort bien vêtus, précédant les Saisons, quatorze concertants de Pan et de Diane, avec une agréable harmonie de flûtes et de musettes, plus trente-six violons, et tous les chanteurs de la musique du roi! Nous voilà bien loin des *dix-huit violons* et de la pitié de l'*Opéra Franconi !*

Mais quoi ! on s'aide entre confrères! La fantaisie, après tout, est une muse; elle souffle où elle veut, où elle peut ! M. le directeur de l'Opéra a traité le bel ouvrage de M. Halévy, comme autrefois M. le directeur du théâtre des Variétés a traité le *Tricorne enchanté*, accusant, aujourd'hui comme hier, ses propres amis de ne pas *faire de l'enthousiasme*. Avec un peu de réflexion, M. le directeur de l'Opéra n'eût pas traité si légèrement un grand, sincère et beau travail qui fait le plus grand honneur à son théâtre. Après tout, il n'y a pas d'homme universel, et l'on soutient un mauvais paradoxe en disant : *Qui peut le plus, peut le moins!* Non pas, certes. On peut être un homme de beaucoup d'esprit et écrire à la façon des Caraïbes! On a le mot, on n'a pas la plume! On est, de son propre aveu, un administrateur excellent, on juge mal ce qu'on a vu de plus près! On se fait léger, il arrive que l'on est un homme grave! On veut donner des leçons à des gens qui, je l'avoue, en ont grand besoin, et ces gens-là s'amusent à la leçon comme ils s'amuseraient dans l'enfer du *Juif-Errant*, où *les diables sont si gais!* A qui la faute? A l'enfer! « *L'enfer n'effraie pas*, dit M. Roqueplan (il en parle bien à son aise); l'art plastique est impuissant à donner cette *sublime* angoisse

(sublime!) la foi seule l'a déposée dans nos cœurs! »
Voilà de la théologie ascétique, à cette heure, et ça fait plaisir à voir, la foi qui dépose en nos cœurs la sublime angoisse de l'enfer! Et c'est si vrai que dans son enfer Michel Ange est allé jusqu'à l'indécence, et Callot jusqu'à la farce! « Allons, » rassurez-vous, femmes sensibles, nous n'irons pas jusqu'à Michel Ange, et pour cause! à peine si nous nous permettrons les *gambades* infernales de Callot.

Comme c'est heureux..... pour le Théâtre-Français, que le directeur de l'Opéra ne sache pas écrire en bon français et ne sache pas la musique! *Nec studio citharæ nec Musis deditus!* Nous avions un compte à régler avec le directeur du Théâtre-Français, et le charmant feuilleton de l'Opéra nous a pris toute la place! On a vu cette semaine, ô douleur! l'œuvre entière de Casimir Delavigne, oui, l'œuvre entière et charmante de ce poète charmant, s'enfuir, loin de ces murailles inhospitalières, et demander asile au théâtre de la Porte-Saint-Martin! Oh! misère des poètes! vanité de la gloire! abandon! oubli! négligence! meurtre! Et comme l'heure suprême était arrivée où il fallait absolument perdre aussi l'*Ecole des Viellards*, ils l'ont montée et jouée à la hâte, en comédiens errants, cette comédie où Mlle Mars et Talma ont laissé leur empreinte; et c'est à peine si de temps à autre, dans ce jeu inerte, on a pu retrouver quelques lambeaux épars de cette belle comédie. Ainsi est morte la comédie au Théâtre-Français, étouffée à plaisir sous l'ivraie abominable et ce meurtre s'est accompli hautement, lentement, sans que personne ait réclamé, occupé que nous étions aux bagatelles de la porte, et bercés par cette réponse à toutes les plaintes : Ça fait de l'argent! Comme dit une ancienne comédie :

Que vois-je? chez les morts on compte de l'argent! »

Au reste, on attend, à ce propos, le feuilleton de M. le directeur du Théâtre-Français? Il sait les faire, il les fait beaucoup mieux que son confrère du grand Opéra; il en a fait un, étant directeur du Théâtre-Français, où il démontrait fort habilement que la tragédie était morte; et depuis ce temps la tragédie, oh! la flatteuse! a donné raison à son directeur! Elle est morte, elle n'a plus rien qui ressemble à l'action, à la parole, à la vie, à la passion! — Heureux directeurs! Celui-ci, grand protecteur de l'art musical, se vante hautement de ne pas savoir la musique; et celui-là qui veille aux destinées de l'art dramatique avoue, en se frottant les mains, qu'il n'aime pas la tragédie! Heureux directeurs, heureux feuilletons! Harmonie admirable en toutes choses des beaux-arts! Et, comme dit une des belles dames de Shakspeare : « Le corbeau a d'aussi doux sons que l'alouette, pour qui ne fait pas attention à sa voix. »

C'est bien fait! Avant peu la critique aura vécu, et vous verrez sa place occupée hardiment par messieurs les directeurs des théâtres de Paris, guitarisant à dire d'experts! et comme dit Eraste en sa chanson :

Célébrons l'heureux sort dont nous allons jouir,
Et que vos violons viennent nous réjouir!

J'imagine cependant que M. le directeur du théâtre du Palais-Royal n'ira pas écrire un volume à sa propre louange, à propos de *Soufflez-moi dans l'œil!* il laissera à la voix publique *une Femme terrible* et les *Sept Femmes de Barbe Bleue*, et toutes sortes de belles farces nouvelles que racontent, en s'amusant, ces grands farceurs! Oui! et le Cirque-Olympique atteindra, sans trop se vanter, ce paroxisme idéal, qui est le rêve de M. le directenr de l'Opéra, lorsqu'il loue à tout rompre « ces premières notes hypocrites, qui se renflent peu à peu et qui finissent par *pénétrer lâchement le tympan par le procédé de la vrille!* Ah! le *procédé de la vrille!*... On grince les dents à ce récit, et les oreilles saignent à l'avance! — A propos du Cirque, on a remarqué aussi cette paternelle comparaison de M. le directeur de l'Opéra, lorsqu'il compare ses comparses, hommes, femmes et enfants, *fatigués et riants*, pâles et gais, *aux soldats de l'armée d'Italie, dépourvue de souliers et de pain!*

Enfin, je ne crois pas que M. le directeur de l'Opéra-Comique, en ses victoires constantes et surtout en sa modestie, aille imprudemment sur les brisées du feuilleton pour raconter à l'univers et *à mille autres lieux* le succès récent, le succès d'hier, d'une reprise excellente, la reprise des *Voitures versées*, un aimable opéra de Boïeldieu! Non! et quels que soient la grâce et l'esprit de la débutante, Mlle Favel, en dépit de son jeu, de sa voix, de son grand art, des services qu'elle va rendre à son théâtre et de son incontestable succès, le directeur de l'Opéra-Comique laissera à qui de droit le soin de louer son intelligence et sa jeunesse! Homme habile, homme adroit et sérieux, il aurait quelque peine à se mêler à des luttes qui ne sont pas de son empire; il aurait honte de dire à ce pauvre Amyntas, qui fait de son mieux, comme ce berger sifflé dans Virgile : *Invidit stultus Amyntas!* — Et moi aussi je veux briser sa flûte entre les doigts de ce maladroit Amyntas.

JULES JANIN.

Feuilleton du Constitutionnel, 16 *mai* 1852.

A MONSIEUR JANIN.

Monsieur,

Pourquoi m'avez-vous pris à partie dans votre feuilleton de lundi dernier, à propos d'une lettre que j'ai adressée il y a quinze jours au *Constitutionnel*? Pourquoi êtes-vous intervenu là-dedans? pourquoi vous jetez-vous à travers mes jambes? Il s'agissait, dans ce que j'ai écrit, du *Juif-Errant*, l'opéra en cinq actes de M. Halévy, dont vous êtes forcé de constater l'immense succès; je traitais de mon mieux certaines questions d'art et de progrès. Directeur responsable d'une grande entreprise, je donnais au public quelques explications sur un sujet que je connais; je parlais de musique, de peinture, de costumes, matières qui passent pour vous être complètement étrangères; tout cela était raisonnable et sérieux au fond, intéressant, peut-être; et voilà que vous êtes furieux, hors de vous, et que dans un *paroxysme* de colère, vous me traitez avec une inconvenance et une grandeur dont ma dignité n'est pas moins blessée que ma modestie; vous me donnez à moi, vos dix colonnes, c'est tout autant que vous en avez donné à l'annonce de votre mariage, dix fois plus qu'on n'en accorde, dans les journaux respectés, à vos livres, *Gaités de Toulouse, Religieuse champêtre*, ou autres petites coquineries littéraires dont le souvenir a moins duré que le papier, et qui sont allées protester sous le pilon contre l'indifférence de vos contemporains.

Votre attaque me paraît inspirée par un sentiment qu'on m'applaudira d'avoir dévoilé : l'envie ! Tous les lundis, vous faites, par métier, un feuilleton dont la difficulté excuse sans doute la monotonie; il n'en est pas moins vrai que la façon brillante dont vous rendez compte d'*une Rivière dans le Dos* ou d'*un Monsieur qui prend la Mouche* ne soulève pas Paris; et, parce qu'un directeur de théâtre, votre ancien confrère, il s'en honore, votre ancien ami, vous l'oubliez de temps en temps, se permet de prendre son jour, son heure, son à propos, pour dire certaines choses que vous ne savez pas, et qu'il sait, par une expérience qui lui a coûté cher; parce que cette confession de coulisses (pardonnez l'alliance de mots et d'idées) peut paraître piquante, non par la forme, que je ne pratique plus, mais par le fond, que j'exploite, voilà que vous criez au vol, à l'incursion ; vous parlez de *domaine*, de violation de territoire ; je suis traité comme ces chiens de Constantinople qui ne peuvent pas changer de quartier, sous peine d'être dévorés par les chiens des autres circonscriptions.

Vous ne me faites pas peur, Monsieur Janin, n'eussé-je pour m'encourager que l'exemple des écrivains qui vous ont déjà couché sur le carreau ; vous m'inspirez peut-être de la compassion, et j'exprime le plus humblement du monde ce bon sentiment, si naturel chez un homme qui a commencé sa carrière à côté de vous, et qui fait l'addition douloureuse des tours que vous avez accompli sur vous-même, depuis vingt-trois ans, sans avancer d'un pas.

En bonne conscience, je ne puis pas discuter avec vous, qui ne me trouvez coupable que d'avoir osé faire un feuilleton, les questions que j'ai déjà traitées; question musicale, question de couleur historique, question de sonorité ; j'ai appelé sur mes théories l'attention des gens compétents. Ad. Adam, plus musicien que moi, peut-être même que vous, a repris cette dernière question, d'autres écrivains dont c'est la mission, portent leur avis au milieu de ce débat sur la valeur des instruments de Sax, qui paraissent devoir concentrer toutes les forces argumentatives de la critique. Je ne m'occupe pas du reste et fais comme La Fontaine dans la préface de ses contes :

» J'abandonne le reste aux censeurs, aussi bien se-
« rait-ce une entreprise infinie que de prétendre ré-
« pondre à tout. Jamais la critique ne demeure court,
« ni ne manque de sujets à s'exercer : quand ceux
« que je puis prévoir lui seraient ôtés, elle en aurait
« bientôt trouvé d'autres. »

Je n'ai donc pas à faire à vous en tout ceci, puisque je soumets à des gens dont j'implore les lumières un sujet auquel vous n'entendez rien. C'est une pure querelle que vous me cherchez, une querelle de concurrence de métier, une querelle de compagnonage ; on a touché aux outils de M. Janin ; on entre dans le domaine de M. Janin, ce grand terrien du feuilleton, ce vieux propriétaire de la critique ! Respect au domaine de M. Janin !

Eh bien ! non, pas de respect au domaine de M. Janin, dont les titres sont si peu légitimes, que la prescription ne les couvre pas.

Si la critique est votre domaine, voyons un peu, Monsieur Janin, comment vous l'avez administré.

La plume que vous tenez vous a été transmise par Etienne Bequet, qui l'avait reçue de Duvicquet, le successeur de Geoffroy.

Ces hommes instruits, lettrés, rarement passionnés, doués au plus haut degré du sens critique, ont rendu de véritables services ; leur parole sûre, digne, sobre, conservait toujours l'autorité d'un jugement. Après les désordres littéraires de 93, Geoffroy restaura le culte des bonnes traditions et assainit le théâtre. Duvicquet continua honorablement cette tâche, achevée enfin par Etienne Béquet. Esprit droit, raison sûre, style fin et clair, écrivain châtié et décent, Béquet savait la valeur de tous les mots, ou leur en donnait une ; ses critiques sont restées comme des modèles de goût, de convenance et d'érudition.

Lorsque l'héritage de ces hommes forts vous échut, il y a vingt-trois ans, votre prise de possession obtint un succès de contraste. Ce contraste en attend un autre.

Outre que je ne vous dois pas grands ménagements, et qu'il faut employer utilement la place qui m'est concédée dans ce journal, je désire, une fois pour toutes, vous transmettre quelques opinions généralement accréditées sur votre compte : n'ayant ni le temps de nourrir des haines, ni le goût d'élever des harpies à domicile, *obscœnæ volucres*, je me hâte de vous adresser plusieurs observations qui seront comme les ébauches de votre portrait, si, plus tard, la postérité est curieuse de vous connaître.

Les premières éclaboussures de votre plume aveuglèrent les lecteurs du *Journal des Débats* habitués à lire, sans cligner les yeux, la prose limpide d'Etienne Béquet : la pâture saine qui leur était apprêtée par cette main honnête et consciencieuse, fut remplacée par une nourriture sophistiquée, montée en poivre, relevée d'ingrédiens fortuits qui commença par leur titiller les papilles et les mettre en gaîté ; mais l'indigestion fut prompte.

On accusa le préparateur, mais on fut indulgent : Il est jeune, disait-on ; c'est amusant comme les gentillesses d'un petit chat.

Le petit chat est devenu matou : la souplesse est partie, les griffes ont poussé.

Le métier de critique dramatique que vous avez choisi est assurément difficile ; mais de tous ceux qui l'exercent, vous me semblez le moins propre à en accomplir les devoirs.

Il faut au critique, en dehors des qualités naturelles et spéciales de l'esprit qui conviennent à sa profession, de grandes qualités de caractère : l'amour du travail, la patience, la justice.

Le dédain facile et permanent, le cynisme de l'inattention, l'abus de l'autorité, le bonheur de faire du mal, constituent un journaliste redouté, et non pas un critique.

Il n'est pas un auteur, pas un acteur à qui vous ayez rendu service ou justice, pas un qui ait gagné, à vous lire, autre chose qu'une fatigue ou un chagrin inutiles. Quelle est la mauvaise scène que vous ayez refaite dans vos critiques? quelle est l'intonnation fausse que vous ayez signalée? Je vais plus loin : qu'elle est la pièce que vous ayez réellement vue, quel est l'artiste que vous ayez réellement entendu? Aussi quelle réputation avez-vous créée? Quelle réputation avez-vous détruite?

Vous avez remplacé ces conditions sérieuses qui vous manquent, l'attention, la raison, le don de conclusion, par ce que vous appelez votre style, et dont il faut pourtant bien dire un mot franc et vrai, parce qu'il y a trop longtemps que cela dure.

Étant bien entendu que vous n'ayez jamais été un critique, comme écrivain, vous n'appartenez à aucune école, et vous n'en ferez pas une. Êtes-vous un écrivain robuste du XVIIe siècle? Non. Etes-vous un écrivain énervé, mais clair, du XVIIIe? Non. Etes-vous un coloriste moderne? Non. Etes-vous un fantaisiste? Non.

Il n'est peut-être pas si difficile que vous l'espérez de dire ce que vous êtes. Vous êtes un écrivain irrésolu, impuissant, et surtout frivole. Vous êtes affublé de dentelles en imitation, vous secouez avec affectation les falbalas pompeux d'une robe fanée, dont le tissu aux couleurs fausses ne se rehausse jamais par un dessin pur et correct.

Votre phrase déchiquetée, frangée, éliminée, s'en va par morceaux; ces incidences dont vous abusez, et dont les bons écrivains se servent pour reposer le lecteur, deviennent entre vos doigts des poteaux trompeurs pour l'égarer dans sa route; quelquefois puni par vous-même et enfermé dans cette phrase sans issue, vous bourdonnez à l'aventure pour en sortir, comme une guêpe contre une vitre : alors, vite les tirets,—vite une citation pour dégager M. Janin, qui se cogne le front contre les parois de son grand style.

Quelquefois, au début, vous promettez une arabesque qui va se complaire dans des contours capricieux; tout de suite, cette ligne devient le fil du dédale emmêlé, rompu, revenant sur lui-même et ne se dénouant jamais. Ce n'est pas de la fantaisie, c'est de l'imbroglio.

Votre attaque n'est jamais franche; le trait, à force d'être barbelé comme une arme chinoise, ne pénètre pas : lutter sans poignet, vous recourez au croc-en-jambe. — Bruit sans coup de tonnerre sans foudre, — feu d'artifice mouillé dont les soleils partent à l'aventure.

Votre plume crache, étoile le papier et ne sait pas courir droit; votre phrase est incertaine et insoumise; marchant au hasard et sans votre ordre, elle semble soustraite à votre volonté comme les membres d'un homme malade de la moëlle épinière. Les mots abondent : le mot ne vient jamais.

Aussi permettez-nous de la disséquer, votre phrase grassouillette, poupardo et vieillotte ; nous répondons que cette enveloppe ne recouvre pas un muscle, pas un igament, peut-être pas une veine.

Ayant reconnu vous-même sans doute, d'abord que vous n'entendiez rien à la critique, ensuite que votre style avait épuisé tous ses pétards, vous avez voulu devenir raisonnable, prendre du ventre et faire le savant.

Cette entreprise fut difficile.

Dans ce temps-ci ou chacun est indulgent, excepté vous, on ne demande pas grand'chose, on ne demande pas assez, j'en conviens déjà pour moi, à ceux qui osent se faire imprimer.

On n'exige pas qu'un critique occupé de suivre en ses développements le talent de Mlle Pauline du *Palais Royal*, ou de Mlle Dubuisson des *Folies*, soit de force à écrire comme Scaliger, *de Causis linguæ latinæ*, comme Casaubon, Juste-Lipse, Turnèbe, des commentaires sur Théocrite, Tacite, Cicéron ; mais on n'a pas oublié que vous avez enlevé la victoire de Denain au maréchal de Villars pour la donner à Catinat, que vous avez conduit Charlemagne et ses preux à la première croisade, que vous avez fortement blâmé Louis XI d'avoir persécuté Abeilard, et que vous avez fait passer le Rhône à Marseille, par ce motif ingénu que Marseille est le chef-lieu des Bouches-du-Rhône. Mme Chevet rira toute sa vie de votre métaphore du homard. La métaphore n'est pas votre fait, parce qu'elle exige avec le sentiment de la couleur, la patience des déductions ; mais avoir dit du homard, *c'est le cardinal des mers*, c'est trop méconnaître l'action du court-bouillon sur la carapace de ce crustacé.

M. Nisard, qui a si bien auguré de vous, il y a une vingtaine d'années, et qui vous a si rudement assis sur la sellette, ne vous a pas corrigé de ces allures de savantasse ; et, depuis quelque temps, nous sommes accablés de votre érudition.

Vous parlez sans cesse de l'antiquité, comme si vous la connaissiez ; vous ne connaissez que l'antiquité des *pions*. Cette science curieuse et patiente, si noblement professée par les savants du XVe et du XVIe siècle, par Amyot, plus Grec que Plutarque, si heureusement enrichie par des esprits ingénieux de notre temps, qui ont demandé non plus seulement aux livres, mais aux monuments, aux bas-reliefs, aux vases, aux inscriptions, le secret de la vie intime des anciens ; cette antiquité, vous ne l'avez apprise que par les pensums, vous n'en exalez pas le parfum, vous n'en avez conservé que la crasse.

On se demande pourquoi, n'y étant forcé par rien, ni par la nature de votre besogne, ni par la condition de vos lecteurs, vous consommez tant de Théocrite, d'Aristophane et d'Horace, à moins que vous ne nourrissiez encore l'illusion d'un fauteuil à l'Académie.

Or, comme vous vous savez percé à jour par l'œil sagace des vrais savants de l'endroit, qui voulez-vous attraper avec vos citations ? à qui prétendez-vous faire peur avec votre érudition descendue le dimanche matin des rayons de votre bibliothèque sur votre feuilleton du lundi ?

Est-ce à Mlle Alphonsine des *Délassements-Comiques* ? à M. Bourguigon des *Folies-Dramatiques* ? est-ce pour en faire accroire à Grassot que vous parlez si souvent latin ?

La belle affaire, en rendant compte de *Grassot embêté par Ravel*, vaudeville du Palais-Royal, que de poser cette question : *An Ravelus embêtat magis Grassotum quam Grassotus embêtat Ravelum* ? Voilà donc ce que vous avez retiré de vos rapports avec Molière ! Le latin de ses cuistres !

Et comme MM. Ravel et Grassot sont bien édifiés par cette utile critique, comme votre profession se relève, comme votre *domaine* s'enrichit quand vous dites : » *Invenio* (Ammianus Marcellinus), cet acteur *jocosum histrionem* (Velleïus Paterculus), plus drôle, *drolioremn*, comme dit Tacite en ses Annales, que son partner, son camarade, son rival, *æmulus*, selon l'expression belle et simple de Salluste. » Et Mlle Alphonsine, quels yeux elle ouvre quand elle lit ceci : Alerte, jeune fille, folle de ses vingt ans, vive, espiègle, *paignıemon*, comme aurait dit Théocrite, s'il avait connu Mlle Alphonsine. Vous seriez tout aussi intelligible pour ces braves gens si vous leur disiez, comme Hanno à Milphio, dans la comédie *Pœnulus*, de Plaute :

Hanno mutgumballe bechadreaneeh,

Quant au grec, vous n'en savez pas grand'chose, si je puis en juger, si je m'en rapporte à mon neveu, enfant de treize ans et demi, élève de quatrième, 2e division, professeur M. Brasselart, collége Saint-Louis, qui vient de passer auprès de moi ses derniers jours de congé. J'ai fait lire à cet enfant votre article. Triste lecture! triste congé! *Tristes ferias!* diriez-vous. Quoi qu'il en soit, il me paraît bon que cet enfant sache de bonne heure ce que sont les hommes et les choses de ce temps-ci : je ne veux pas qu'à l'âge de dix-huit ans, il honore des renommées décrépites, et si vous écrivez encore alors, il faut qu'il dise avec étonnement : Est-ce que le vrai Janin écrit toujours? Comme on dit à l'Hippodrome : Est-ce vraiment bien la vraie Mme Saqui qui danse encore sur la corde?

Donc, mon neveu s'est arrêté dans sa lecture : « M. Janin ne sait pas le grec, s'est-il écrié : il cite une racine imaginaire, et, sur trois mots grecs, je compte un barbarisme et un solécisme. *Bradugluttos*, barbarisme ; *to arton, le pain*, on doit dire : *o artos*, solécisme. Mon neveu a raison, et dans son langage de collége il vous appelle cancre. Donc à genoux! l'élève Janin! à genoux au milieu de la classe avec un bonnet d'âne! cinq cents vers à l'élève Janin.

Quand je pense que j'ai grondé mon neveu pour n'avoir été que le seizième en grec à la dernière composition!

A pédant, pédant et demi. J'en suis honteux moi-même ; mais il est moral que Grassot ne vous croie pas plus longtemps fort en grec et en latin.

Quant au trouble que cela peut causer à votre considération littéraire, dois-je m'en soucier ? Ozez donc vous plaindre, vous qui avez dépouillé le feuilleton du journal où vous écrivez de cette urbanité dont M. Cuvilliers-Fleury a gardé seul la tradition et le dépôt? emportés l'un par l'autre, vous et votre complice musical, où menez-vous la dignité de votre profession? Quelle langue parlez-vous aux honnêtes gens ?

Vous ne vous relèverez pas de votre discrédit commun, lui par ses calembours, vous par votre latin que vous parlez si haut et si fort, comme les poltrons qui chantent dans l'obscurité de peur que les souris ne croient qu'il manque de courage. Vous ne manquez pas de latin, soit; mais nous vous en donnerons, si votre provision s'épuise. J'en ai absorbé tout autant que vous; mais je l'ai digéré; vous avez mangé le vôtre comme les enfants mangent les confitures, en vous barbouillant.

Adieu, Monsieur Janin, je vous attends au premier ouvrage nouveau que je ferai représenter. Je ne me multiplie pas comme César, mais vous me trouverez à la réplique, et la clameur publique m'apportera toujours des échos que je vous renverrai.

. . . . Si l'on était sage,
Ces avis mutuels seraient mis en usage;
On détruirait par là, traitant de bonne foi,
Ce grand aveuglement où chacun est pour soi.
Il ne tiendra qu'à vous qu'avec le même zèle
Nous ne continuions cet office fidèle
Et ne prenions grand soin de nous dire *entre nous*,
Ce que nous entendrons, vous de moi, moi de vous.

NESTOR ROQUEPLAN,
Directeur de l'Opéra.

Feuilleton des Débats, 1[illegible] *mai* 1852.

LA SEMAINE DRAMATIQUE.

Les murmures de l'Opéra. — GYMNASE-DRAMATIQUE : *Don Juan d'Autriche.* — *La Chanoinesse.* — Mme Volnys. — *Une Petite Fille de la Grande-Armée*, en deux actes, par MM. Barrière et Decourcelle. — *Canadar père et fils*, un acte, par MM. Laurencin et Marc Michel. — HIPPODROME : Une Chasse, une Course, une Rivière, un ballon, une Corbeille, et Mme Saqui. — Mlle Delille et les élèves de M. Achille Ricourt.

Avant-hier, pendant trois belles heures, au Gymnase, et la chose est sûre, on a vu des hommes, déjà très-vieux, qui, par un enchantement facile à comprendre, étaient revenus à leurs dix-huit ans, aux premiers vingt ans, à l'âge où tout chante, où tout fleurit, dix-huit ans, quand Léontine en avait quinze à peine! O la charmante! ô la beauté! Rappelez-vous cette grâce élégante et fluette, et cet œil noir à tout brûler, et cette tête intelligente où le printemps se montrait dans sa première et agréable fleur! Elle était la poésie, elle était le bel esprit de notre jeunesse! Elle était la fête et le sonnet de nos beaux jours! Elle et nous, nous allions à la même conquête, au même avenir! Et chacun de nous, dans son âme, avait une prière : — O dieux et déesses, disions-nous, faites que cette enfant de notre adoption soit longtemps jeune et charmante! O dieux de la comédie amoureuse! ô muses du drame à fleur de peau, entourez de vos bienveillances divines cette grâce, et ce sourire, et ces chansons! Léontine était pour nous un talisman; tant qu'elle sera jeune, on se disait : « Nous aussi nous serons jeunes! » Cette tête aux cheveux noirs, ces blanches dents, ces mains jeunettes, on se disait : « Voilà notre jeunesse en sa beauté! » Et chacun, la voyant si jeune et si belle, allait tranquillement à son œuvre poétique, à ses passions, à ses amours. Nous avions du beau temps devant nous, Léontine était si jeune, et si vif était son regard, et voyez encore et voyez ces beaux cheveux noirs!

En ce temps-là nous n'avions pas entendu parler de *paroxysme*, on ne savait pas ce que c'était : *faire grand*, on se fût moqué beaucoup, même de l'homme en son bon sens qui eût dit sérieusement : *Je fais joli!* M. Scribe, en ce temps-là, livrait sur toute la ligne une longue suite de batailles, et chaque bataille était une victoire, et le victorieux se fût bien moqué s'il avait entendu dire : O le grand homme! *il fait charmant!* comme on dirait : *Il pleut, il pleut, bergère!* Il fait nuit! — il fait jour! — il est midi!

C'est pourtant une chose étrange, ceci, que Mme Volnys ait manqué sitôt aux serments qu'elle avait faits! En moins de vingt-cinq ans, la coquette et l'ingrate, elle a trahi tous ces jeunes amoureux qui la suivaient de l'âme et du regard; elle les a plantés là, au beau milieu du regain de leur jeunesse; elle n'a pas demandé son reste, et elle est partie. Adieu donc, et tâchez de vous défendre et de vous protéger contre les années; moi, je pars. Ainsi elle disait; on avait beau lui crier : Mais vous n'avez pas le droit de nous quitter sitôt! mais vous avez promis de nous attendre et de partir avec nous!... Elle n'entend rien, elle est partie, et si elle revient, c'est pour une heure... — Où sont-ils, se disait-elle à l'aspect des têtes chauves, des têtes grisonnantes de l'orchestre, où sont-ils mes amoureux de la veille, où sont-ils, mes poëtes, mes flatteurs, mes enthousiastes, mes gais compagnons du *mariage de raison* et de la *Mansarde des Artistes*? Que sont-ils devenus ces jouvenceaux du *Plus beau Jour de la Vie* et de la *Demoiselle à marier?* Sans doute ils sont morts, emportés avant l'heure, et voilà messieurs leurs pères et grands-pères qui sont venus pour me saluer au nom de cette génération épuisée! Ah! dame! ces bonnes gens que vous prenez pour les grands-pères de vos amoureux printaniers, ces fronts chauves, ces têtes grisonnantes, ce sont vos amoureux eux-mêmes. Hélas! vous avez peine à les reconnaître, *attifés*, *attelés* si court. Pauvres diables! *leur appareil oculaire* a perdu toute sa force, et *leur appareil auriculaire* a bien de la peine à vous suivre; et pourtant ils vous reviennent *ventrus*, *poupards*, et amoureux et fidèles comme au premier jour!

Si donc elle n'a pas reconnu ses pâles amoureux, cette belle Volnys, ses amoureux l'ont reconnue; ils l'ont saluée avec transport, et, la voyant si jeune, ils se sont imaginé qu'ils n'avaient que son âge, et pendant trois heures ils ont été au paroxysme de cette joie intime! Il est fort heureux que M. le directeur de l'Opéra se soit moqué l'autre jour *des scènes de famille* et de ces imbéciles qui *dépensent leur sensibilité en attendrissements publics*, car nous avons vu le moment où la salle entière allait se permettre cette *dépense* indigne d'un spectateur qui se respecte! En vain cependant nous avons voulu, à l'exemple de cet homme illustre, *contenir notre effusion;* l'effusion a été la plus forte, et s'est *répandue* à outrance. On battait des mains, on appelait Léontine, on la retrouvait dans sa beauté, dans sa jeunesse, dans sa grâce un peu minaudière et charmante; et cependant elle finit par reconnaître son vieux parterre à l'enthousiasme, à l'émotion, à tous ces regards bienveillants qui voulaient dire : Tu n'es pas changée, ô Léontine! et nous?

Avec son tact juvénile, elle a parfaitement compris cette louange et cette question imprudente; elle n'a répondu qu'à la louange : « Ah! vous me trouvez belle ! à la bonne heure, et comptez que ça me fait bien plaisir ! » Justement cet acte de *Don Juan d'Autriche* entrait parfaitement dans la *position de cette situation*. » Que vous êtes belle, Madame ! — Il est vrai, reprend la dame, je suis heureuse ! » A ces mots, la salle d'applaudir, *et tous les appareils* de l'ouïe et du regard, d'entrer en fonctions. Ces deux actes de *Don Juan* ont été joués à ravir ! La belle chose, et comme on comprend que le Théâtre-Français se doive estimer content, glorieux, délivré, de se voir débarrassé du bagage de M. Casimir Delavigne, un poëte manqué, ce M. Delavigne ! Un homme à demi-créé, un benêt qui ne savait pas le beau langage, et qui ne mangeait pas de *homards !* Un bel esprit perdu, dont l'œuvre à demi moisie était un encombrement inutile ! En voilà un qui se gardait bien de *faire grand !* en voilà un qui ne savait pas le français ! en voilà un qui ne savait pas le latin et qui ne savait pas le grec. Fi ! vous dis-je. En voilà un que l'Opéra, s'il avait appartenu à l'Opéra, eût traité comme un *haillon*, une chose *attachée à peine*, une *forme à l'avance pénétrée ou fredonnée ;* ces gens-là, on ne les respecte guère plus que s'ils avaient écrit la *fugue* de la *Flûte enchantée !* Bon Dieu ! comme *ça vous tend les nerfs !* Juste ciel ! quelles *crispations douloureuses !* Et comme le goût de nos grands messieurs se révolte contre ces productions *hâtées*, semblables à un *grand dîner mal servi*, à un *cheval mal attelé !* Casimir Delavigne, y pense-t-on? C'est un gros diamant *monté à la turque* tout au plus. Allons mes maîtres et mes experts critiques, *apportez vos férules*, et du haut de votre *situation*, flagellez-moi de votre *nom* ce maraud *qui fait clair*, fustigez ce vieux *à grands coups de plume sur le dos !* Sois loué et béni, feuilleton bien-aimé, feuilleton de l'Opéra, feuilleton modèle qui me prêtes bénévolement ce *câlinement* de piquantes métaphores ! Feuilleton-croc et feuilleton *tire-bouchon*, enthousiaste en *la* mineur et *dégoûté* en *mi* bémol ; toutefois, tu aurais bien fait d'en rester *là*.

Pauvre M. Casimir Delavigne ! Il n'a pas écrit le *Tricorne enchanté*. Ah ! s'il avait écrit le *Tricorne enchanté*, quand le directeur de l'Opéra perçait déjà sous le *directeur des Variétés*, s'il avait troussé le couplet de façon à faire sourire un bout de cigare, il aurait eu les honneurs du feuilleton-modèle! Il aurait appris ce que peut ajouter à la renommée exquise d'un mortel ce *concours de masses* et cette *réunion gigantesque d'arts* sous la conduite d'un pareil directeur! Il ne savait pas *faire grand*, le brave et digne homme, et le voilà à la porte du Théâtre-Français, implorant un asile aux théâtres des boulevards! Les boulevards! Mais, à en croire le feuilleton-modèle, *les féeries du boulevard ne spéculent que sur la curiosité du public!* l'Opéra, lui, ne spécule que *sur la conscience* du public! Vous l'entendez! A ce compte, le directeur de l'Opéra, *qui n'a pas peur de l'enfer*, est pourtant, qui le croirait? le directeur de la conscience publique! Il rougirait de s'adresser à la *curiosité* du public, il s'adresse à ce qu'il y a de plus intime dans l'âme humaine! *La conscience!* et j'avais oublié ce passage, l'autre jour, à propos « de la sublime angoisse que la foi seule dépose dans nos cœurs! »

Effacez désormais sur le fronton de ce temple auguste. *Académie et cætera* de musique; écrivez sur ce marbre austère : Direction pour la conscience d'un peuple! — Et penser que la conscience de ce peuple s'est vue exposée à *ces diables trop gais*, parcequ'ils *besognent* sur les damnés avec un entrain qui exclut la terreur! un *entrain qui exclut*; une *situation mobile*.— Il parle aussi des ruines *du* cinquième acte, qu'il appelle *une magnifique traduction de l'immensité!* un acte *en ruine!* il voulait dire le tableau des ruines, au quatrième acte! il voulait dire aussi une *bête à son dîner!* Et ça lui va bien de se moquer du bourgeois ressuscité, qu'on *tuerait roide* si on voulait le *régaler des bienfaits* de la civilisation moderne! Eh oui! un de ces bourgeois *en patache*, éclairé par des *chandelles*, qui venait de Versailles en *coucou*, pour acheter du drap *sous les piliers des halles*, qui pleurait le soir aux drames de M. Casimir Delavigne, et qui retournait dans sa maison avec le fredon de ces beaux vers.

Après ces deux actes de *Don Juan d'Autriche*, Mme Volnys a joué tout bourgeoisement un petit drame, un drame heureux de nos beaux jours, *la Chanoinesse*! Ici, moins que jamais, nous sommes dans *le paroxysme*;

et M. de Trois-Etoiles ne songe guère à lorgner Mme de X... Ces choses-là ne se font qu'à l'Opéra, les jours de *grandes fanfares. Madame de X... et Monsieur de Trois-Etoiles*, au Gymnase, sont occupées à écouter M. Scribe, à regarder Mme Volnys, et ils trouvent, les imbéciles! que M. Scribe a bien de l'esprit *à la chandelle* et que Mme Volnys est fort jolie *à la lampe!* A ce paisible orchestre, où tant de jeunes chansons ont vu le jour, on n'entend par les *cuivres géants* dont l'Opéra est si fier ; on ne voit pas ces *gueules de requin* prêtes à tout dévorer, on n'est pas attiré par cette musique *mielleuse et piquante* qui tourne si vite au *saignement d'oreilles*, on n'a pas de tire-bouchon dans le tympan qui vous perce à la façon de ces dards cachés qui font tant de peur aux enfants endormis sur un gazon trompeur. Non, non !

Les *dix-huit violons* de M. Scribe sont encore à leur poste, et le *kerem*, et le *keras*, et la portion de tube affectant *la forme en question*, n'ont rien à bugler dans sa cantilène printannière ! Une chanson, ça se chante ; honte à qui hurle ! Un couplet d'amour, ça se contente d'un brin de violon et d'un coup d'archet ! Sax et son cuivre n'ont rien à voir en ces mignardises ! A peine si l'humble orchestre consentirait a doubler de cuivre une de ses flûtes ! Comme il rirait, l'Opéra, s'il allait au Gymnase ! Il crierait : A la chandelle ! *à la patache! au coucou* ! Il se moquerait de la belle façon des flonflons de M. Scribe et de leur médiocre *intensité* ! Voilà donc comment s'amusaient nos premiers pères ! Une fillette en son printemps ! un vieux soldat ! un jeune amoureux ! une duègne ! une douzaine de chansons ! deux ou trois violons bien joués, et tout était dit ! Ils ne se doutaient par les malheureux ! du *procédé de la vrille* ! ils jouaient au billard avec des queues *sans procédé* !

Au reste, il s'en faut que cette saxonnante déclamation soit nouvelle. Il n'y a rien de nouveau dans les feuilletons à grand brouhaha et à grandes marges. Dans le chef-d'œuvre de Le Sage, un certain Turcaret parle musique à peu près comme le feuilleton *en question* :

LE CHEVALIER : Vous aimez la musique ?

TURCARET : Si je l'aime! Malpeste! je suis abonné à l'Opéra!

LE CHEVALIER : C'est la passion dominante de gens du beau monde.

TURCARET : C'est la mienne.

LE CHEVALIER : La musique remue la passion.

TURCARET : Terriblement! Une belle voix soutenue d'une trompette, cela jette dans la rêverie..

LA BARONNE : Vous avez le goût bon.

LE CHEVALIER (*à Turcaret*) : Oui, vraiment, que je sois un grand sot de n'avoir pas songé à cet instrument-là... Oh! parbleu, puisque vous êtes dans le goût des trompettes, je vais moi-même donner ordre.

TURCARET (*l'arrêtant*) : Je ne souffrirai point cela, monsieur le chevalier; je ne prétends point que *pour une trompette...* »

Oui, pour *une trompette...* mais quinze trompettes *besognant sur les damnés*, à savoir : Saxe-tube en *si* bémol, en *mi* bémol soprano, et contralto, et alto-ténor, et baryton, et basse et contre-basse, en un mot toute la gamme...... Turcaret n'arrêterait pas le chevalier, *pour* quinze trompettes! Et ces quinze trompettes accompagent cette chanson :

Comtesse de Crussol,
Ut, ré, mi, fa, sol,
Je veux mettre en musique
Que vous avez eu
La, ré, mi, fa, sol, u,
Plus d'amants qu'Angélique!

On voyait bien, l'autre soir, au Gymnase, — on le voyait à son chant, à son jeu. — que Mme Volnys n'avait pas lu le feuilleton en alto ténor, en *mi* contre-basse, *mi* bémol; Mme Volnys a joué comme autrefois ce drame charmant; elle a fait sourire, elle a fait pleurer, mais doucement, simplement, sans efforts; elle a été secondé à merveille par l'excellant comédien Ferville, son digne camarade, et dans cette salle remplie et dans cette *fête de village*, comparée aux *cabrioles* des damnés de l'Opéra, nous avons passé, en vrais et paisibles bourgeois, une soirée heureuse et calme, et parfaitement indépendante de *l'art* du costumier, de *l'art* du chorégraphe et du décorateur, qui est l'art suprême célébré par M. Roqueplan! Une robe, un chapeau, le petit habit de l'aspirant de marine ont suffi à cet humble petit drame; il n'est pas nécessaire, pour tant s'amuser de remuer, avec tant d'orgueil, chez les *marchands d'estampes usées, une légion de bouquins à gravures sur bois!*

Ne voilà-t-il pas un grand *enfantement*, remuer une *légion de bouquins* à *gravures* et sur *bois!* Il y a de quoi faire *crisper* les nerfs les plus détendus! Dorat, lui aussi, se sauvait par les planches, lorsqu'il publiait ses vers.

Encore une fois, l'art véritable agit plus simplement, il se passe à merveille de ces recherches, de ces apprêts, de cet attifage! Il n'a point besoin d'être logé *superbement*, dans ce riche *appartement!* C'est bon pour la fièvre; il se contente à moins de frais, un rien lui suffit, et le véritable artiste a toujours présent à l'esprit cet adage : Quand on pense à tant de choses, on n'en conclut aucune! Ainsi, l'autre soir, dans une salle à demi éclairée et dans une foule attentive, avons-nous vu, vêtus à la diable, et contrairement à toutes les gravures sur cuivre ou sur bois, de jeunes comédiens, des enfants qui, dans toute l'ambition ardente de la première jeunesse, osaient, les hardis compères, s'attaquer au chef-d'œuvre, au *Misanthrope*; un Alceste de quinze ans à peine, une Célimène en ses premiers jours, une Arsinoé toute fraîche, un Philinte imberbe, un Oronte aux pieds légers! toute jeunesse, et toute enfance, et tout sourire; et bien! ils ont abordé fièrement ce *Misanthrope*, et, sans tant s'amuser *aux bagatelles* de la porte, ils ont joué d'une façon très-nette et très-simple cette grande chose. Enfants choisis, ils obéissent aux simples et paternelles leçons d'un bon maître, et le maître, un artiste du meilleur temps des artistes ingénus et faciles, leur enseigne à mépriser l'apparence, à dédaigner l'enjolivement, l'accessoire, le mensonge, le faux ornement, le faux parfum, la fausse beauté, la fiction inutile, *le gigantesque, l'enroulé, le béant*. le mielleux, le *mastiqué!* Il leur enseigne à ne pas confondre, ô ciel! et nous en sommes là pourtant, la poésie et le costume, la pensée et le fauteuil, le génie et le bâton doré, la passion et la tunique, la royauté et la couronne en carton. Il leur dit aussi que rien ne vaut la beauté, la jeunesse, les vingt ans, le franc jeu, le cheveu *blanc* quand il n'est pas *noir*; il n'y a pas de *haillons* sur une belle et pas de dentelles sur une laide. Ainsi, de toutes ses forces, ce maître habile, ingénieux, savant, il prend parti pour le beau, pour le sincère, pour le vrai, pour le génie, adorant ce que M. le directeur de l'Opéra écrase de son plat style, écrasant ce qu'il adore, et ne comprenant rien de ces doctrines du Bas-Empire musical, où il est démontré qu'avec une armure on fait un chanteur, qu'avec un manteau de velours on va faire, à l'instant même, de la première venue une Malibran!

Voilà ce qu'enseigne à ses élèves ce sage et ingénieux ami de la nature en toutes choses, Achille Ricourt, et qu'un artiste est bien malheureux quand il *fait bondir sur sa place* un auditeur traité *à la vrille!* Et ceci était toute la discussion que je soutenais l'autre jour, et non pas seulement les droits de la critique; elle n'a pas besoin d'être à ce point défendue; elle se défend elle-même par sa droiture et par son bon sens; elle se défend par la sincérité de son admiration et par la vigueur de ses haines; elle se défend par son travail, par sa probité, par cette vie honnête et terre-à-terre, une vie au grand jour, indépendante, honorée, entourée de pauvreté et d'estime; elle se défend par son courage passé, par sa résignation présente, par son courage à venir, par cette conviction profonde où elle est que la vérité, l'honneur, la justice et le talent sont du côté des belles choses, des grandes œuvres, des artistes sérieux, des esprits intelligents, des nobles cœurs. L'art du poëte et l'art de critique sont là tout entiers dans cette abnégations, dans cette modestie et dans cette vaillance à braver ces géants de la plume et de l'Opéra, ces essoufflés qui courent à perdre haleine après le bel esprit, qui les fuit toujours. Vous verrez avant peu, sous la conduite de cet humble et habile maître, Achille Ricourt, ce que deviendront ses enfants, Mlle Rousselle et Mlle Delille et son frère, par exemple. Ah! les aimables créatures empêtrées et souriantes en leurs atours couleur feuille morte, auxquels leur jeunesse a donné la couleur même du printemps!

J'aime assez, au Gymnase, *une petite Fille de la*

Grande-Armée, et pourtant, si l'on voulait, que de réserves on ferait encore! Heureusement que Mlle Luther y joue un rôle assez joli. Cette *Petite Fille de la Grande-Armée* est élevée à la façon d'un jeune homme de l'Ecole-Militaire! Elle fait des armes, elle sait la charge en douze temps; sur sa lèvre, un léger duvet signale une moustache imperceptible; elle jure... elle est charmante! Mais c'est un vaudeville qui vient trop tard; il eût été le bienvenu pour faire suite au *Soldat laboureur*, quand il mange *la vraie soupe aux choux*.— Au théâtre des Variétés, on joue *une Vengeance*, et ça vous prend. Figurez-vous un brave homme ardent à tout briser; il se croit trahi, il arrive pour châtier la trahison, et le voilà qui tombe au milieu de tant de vertus, de tant de malheurs, que lui-même il vient en aide à ses brigands qui sont les plus honnêtes gens du monde. — Autre histoire: *Canadar père et fils*, pour faire suite à *Prosper et Vincent*, une des meilleures histoires des Variétés amusantes. — Ça va tout seul, ces choses-là, ça va en *patache*, en *coucou*, et ça arrive droit au but! Arriver, il n'y a que cela qui compte! On fait du bruit, à quoi bon? On menace, à quoi sert? On hurle, et de quel droit? On se dresse à soi-même un autel, à cet autel dressé à sa propre divinité, on s'écrit à son usage un catéchisme, on chante des cantiques, on se voue à son propre encens, on a tant d'enthousiasme pour soi-même que l'on a peur d'en manquer! La belle et sotte affaire! Et voilà un homme bien avancé! Ce qu'on lui demande, il ne l'a pas! En revanche, il sert à pleines mains toutes sortes de choses dont peu de gens s'inquiètent: — Faites-nous, lui dit-on, de la bonne musique... il joue à ravir de la trompette! — Donnez-nous de grands artistes; il étale à l'instant même de riches étoffes! — Faites-nous des opéras... il envoie à la province une provision de souliers et de faux mollets! « Je ne sais pas la musique! » ajoute-t-il, il s'en vante, et il nous en félicite. Ah! s'il savait la musique... Il ne la sait pas, rassurez-vous! Et comme disait cette piquante héroïne de La Fontaine:

Vous savez les étoffes vendre,
Et leur prix en perfection,
Mais ce que vaut l'occasion,
Vous l'ignorez, allez l'apprendre!

Ou ce qui serait encore plus simple, apprenez tout simplement la musique. « Vous devriez l'apprendre, Monsieur, dit le *maître à danser* à ce bon M. Jourdain, la musique et la danse, ce sont deux arts qui ouvrent l'esprit d'un homme aux belles choses ! » ou comme dit Hector au joueur :

Si vous vouliez chanter, Monsieur, un petit air,
Votre maître à chanter est ici ; la musique
Peut-être calmerait cette *humeur frénétique.*

Autant de bons et sages conseils qu'il ne faut pas mépriser comme tous les conseils *que l'on se donne à soi-même.*

On l'a dit, et c'est un exemple qui se voit tous les jours, « la félicité est la mère de la colère. » On a dit aussi que la sagesse était l'esclave de la fortune, c'eût été beau de démentir ces prévisions, et puisque l'on se posait devant *son armée d'Italie* en grand capitaine, pourquoi ne pas se rappeler ce passage des *Commentaires*, où les soldats de César murmurent contre sa modération, en l'admirant ! Songez d'ailleurs que l'armée du grand chef prendra toujours fait et cause pour son maître. Il l'a traitée avec tant de goût et de bonne grâce dans sa proclamation ! « Soldats ! du haut de ces frises, quarante machinistes vous contemplent ! Soldats ! vous venez d'avoir un grand succès, je suis *content de moi !* » Le moyen d'oublier une si rare et charmante récompense ! Aussi bien l'armée a compris les intentions de son illustre chef, et elle s'inquiète outre mesure :

D'une offense qu'on fait à toute sa province,
Dont il faut qu'il la venge ou il cesse d'être prince.

A ces choses, ces messieurs et ces dames de l'Opéra, justement offensés du repos de leur maître et seigneur, si *délicieusement paresseux*, ont écrit sur les vitres de sa fenêtre un *Tu dors, Brutus !* qui a retenti pendant huit jours au fond de cette âme à demi éveillée. En même temps, ces messieurs et ces dames ont avisé de composer à eux tous un petit factum pour la maison de M. Roqueplan. C'en est fait, le peuple murmure, l'océan de toile est agité, sur ses pieds de devant se dresse le chameau des caravanes. — Comment ! un malandrin, un grossier, un profane, un chauve, un homme qui a remplacé d'autres hommes morts à la peine, un critique affublé de *dentelles en imitation*, un critique sans *application*, un pauvre diable *a falbalas*, dont la *robe est fanée*; un *vieux*, c'est tout dire, il va s'attaquer à notre jeune et intelligent directeur ! Un écrivain de pacotille, une phrase *déchiquetée, frangée*, élimée; un homme qui a du *ventre*, un *lutteur sans poignet*, et pas de *moelle épinière* ! un *grassouillet*, un *poupard*, une *plume qui crache*, une *phrase insoumise* (en style de *fille soumise*), un tyran de comédie et de mélodrame, un homme qui n'a pas *su défaire une seule réputation*, qui a *fait passer le Rhône à Marseille* (on y a fait passer la Durance, elle y passe même tous les jours) (1); un sot qui envoie aux croisades l'empereur Charlemagne; un gastronome, ignorant à ce point les belles manières, qu'il se figure que le homard est rouge, et qu'on est *jambe de bois de naissance*; un homme *écrasé* jadis par M. Nisard, un *cuistre*, un *pion* barbouillé de latin et de grec ! Il a osé s'attaquer, ô dieux et déesses ! à notre élégant, à notre svelte directeur ! *Lutteur sans poignet* ! il a donné un *croc-en-jambe* à ce grand homme ! Et nous nous courberions devant ces *incidences*, qui sont autant de *poteaux trompeurs* ! Et nous aurions peur de ce *tonnerre sans foudre*, de ce *feu d'artifice mouillé*, de ce chercheur de mots... *sans mot* ! Que dirais-tu, peuple de Meaux?

Ainsi s'agitaient, ainsi parlaient en leur patois les premiers dessus coryphées, les seconds dessus, les premiers ténors, les seconds ténors.

Et Jorris et Guidon, et Guibert et Grasset,
Et Gorillon la basse, et Grandet le fausset !

Ils disaient que nous avions *donné de la tablature* à leur maître et seigneur, et qu'ils voulaient nous *chanter pouilles* à leur tour ! Ils disaient, comme ces peuples dans Tacite : « Nous obéissons à notre maître, et notre maître obéit aux lois de son temps. » Or, la loi de son temps, son *nom* et sa *position* ont voulu qu'il écrivît un feuilleton, lui le prince de la jeunesse à l'Opéra; où est le mal? où est le crime? et ne faut-il pas être un immense *coquin* pour troubler cet innocent dans ses petites nécessités? Telle a été la rumeur pendant huit jours, et pendant huit jours, chaque soir,

(1) Il oublie que j'ai vu *la mer à Anvers*.

dans la cour fleurie et sonore de l'Académie aimable de Musique, et sur le même emplacement où se balançait naguère l'arbre de la liberté, des chœurs de femmes voilées chantaient *sotto voce* :

> Qu'il vive autant qu'il est aimable,
> Qu'il vive aux dépens de nos jours! (*Stratonice.*)

A quoi une voix répond du milieu de la lucarne en œil-de-bœuf :

> A l'Opéra je dois la vie,
> Il me devra sa liberté !

Aimable fête, *attendrissement de famille!* Et le maître oublie en ces transports la lecture de sir Walter Scott, *le profond antiquaire*, il en oublie, ô malheur, la lecture d'Amyot, *plus grec que Plutarque*, il néglige son étude approfondie des monuments, *des vases, des bas-reliefs, des inscriptions*, toutes choses que le vieux critique ignore absolument; demandez au petit Létang, ou au petit Favreau et autres diablotins.

De ce murmure immense est sorti ce matin même, à huit heures, le *factum* attique de l'Opéra, où il est démontré que la phrase *saine* et *bon teint*, svelte, élégante, arrêtée et nette appartient exclusivement à M. le directeur de l'Opéra. Quant au critique, à l'autre, au *vieux*, au fainéant, au bouffi, à l'écrasé, celui-là sait à peine un vieux français malade, épuisé, poussif, à peine un peu de latin, et pas un mot de grec. Ainsi l'ont décidé, en plein concile, les *vingt-deux esclaves*, les trente-sept abeilles (elles sont trente-huit, mais Mlle Bagdanoff aura voté pour moi), les six *seigneurs byzantins*, et tout le peuple byzantin, et même les *huit nègres muets!* — Voilà l'arrêt porté contre moi, et gentiment signé Roqueplan, avec *un esprit doux* sur l'*r* : il est bête, il est inutile, il est odieux; il n'a jamais écouté un ballet d'un bout à l'autre ; il ne sait pas l'hébreu, il a *inventé* une racine grecque ; il a mis au datif un vrai datif; il a dit polyglotte, en parlant de notre chef; on lui a fait dire *polyglousse*. Ah ! le bandit! Haro sur lui! Appelons à notre aide l'*ange exterminateur ;* jetons-le dans notre enfer, *afin qu'il y croie;* livrons-le corps et âme, ce vieillard, à Satan, *à la suite de Satan*, *aux sept petits diables*, aux huit diables clowns ; il est mort, il est tué, qu'il soit à tout jamais chassé du nombre des *élus sortant du tombeau!* Damnation ! anathème à lui, qui ne sait pas la musique, à Berlioz, qui la sait trop bien ! abandonnons celui-là à sa *conscience*, et celui-ci a la censure ! *Cancre énervé !* ses éclaboussures font *cligner les yeux* de ses lecteurs et *titiller leurs papilles !...* Un homme qui ne se connaît ni en gants, ni en beuglements, et pas même en *homards!* Étonnez-vous donc qu'il donne à ses lecteurs une *nourriture sophistiquée, montée en poivre et relevée d'ingrédiens fortuits!* Ainsi parlent les coryphées en faveur de leur patron ; et, comme dit le proverbe, il n'appartient qu'à un homme bien savant de tendre à la fois tant de cordes... *Tot tendere cordas.*

Certes, pour avoir l'esprit *ouvert à toutes ces belles choses*, il faut que M. Jourdain, depuis huit jours, ait pris de belles leçons de musique. Malheureusement il est comme cette comtesse de Dufréni, qui criait : « J'aime beaucoup la musique, mais je ne veux pas qu'elle m'empêche de causer ; la symphonie est bonne à servir de basse continue à la conversation ! » Il cause trop, il n'a pas encore fait toutes ses dents et tous les progrès qu'il devait faire, et d'ailleurs il se sera enrhumé, le bonhomme, à parcourir en robe de chambre le jardin des Racines grecques. Le savant homme et l'homme laborieux ! il me reproche de lire mes livres, quand lui-même il s'amuse à des bouquins remplis de gravures ! Il attaque, et sans savoir pourquoi, il ne les a pas lus, je l'espère bien, deux livres qui ont pris une part de ma vie, *la religieuse de Toulouse* et *les Gaités champêtres*, « *dont le souvenir a moins duré que le papier* (le grand écrivain !), et dont les *journaux respectés* n'ont pas parlé ! » Or il dit cela dans un journal qui a imprimé, pour la douzième fois, une de mes petites drôleries, intitulée *l'Ane mort*. Il dit cela dans le journal même où justement ces deux pauvres livres, ce papier *au pilon*, *la Religieuse de Toulouse* et *les Gaités champêtres*, ont été longuement et glorieusement étudiés par une plume honnête et vaillante, une plume qui écrit des arrêts. Certes l'honorable et loyal M. Sainte-Beuve, s'il daigne lire cette prose de coryphée en fureur que le *Constitutionnel* a la bonté d'abriter on ne sait par quelle indigne protection du seigneur au vassal, sera bien étonné, j'imagine, de la cassation suprême de M. Roqueplan! Il faut être, en vérité, bien maladroit et bien malheureux pour s'exposer, dans le journal même qui solde vos grincements, à un double démenti signé Sainte-Beuve et parti de si haut!

J'aurais bien encore à répondre, et tant de choses, que j'irais trier dans les *Nouvelles à la main*, mais je n'ai pas sous la main ces nouvelles, le vent des quais et le mépris public en ont fait justice, il me faudrait bien du temps pour réunir ces feuillets épars: quel malheur cependant que j'aie été pris au dépourvu! A peine si j'ai le temps de lire ce beau factum que leurs auteurs (il ne l'a pas fait tout seul, il lisait Walter Scott) ont mis huit jours à ruminer.

Ce qui prouve, en fin de compte, que le *Juif-Errant* est un beau drame, bien fait, bien chanté, complet... une œuvre absolument digne du nom, du talent et de l'heureuse fortune de M. Halévy. Il s'*était fait grand*, à l'heure où le directeur des Variétés s'occupait plus que je ne le fais, certes, de Mlle Alphonsine, de M. Bourguignon, des *Folies-Dramatiques*, des *Délassements Comiques*, et même du *Théâtre des Variétés*.

JULES JANIN.

Montmartre. — Imp. PILLOY frères.

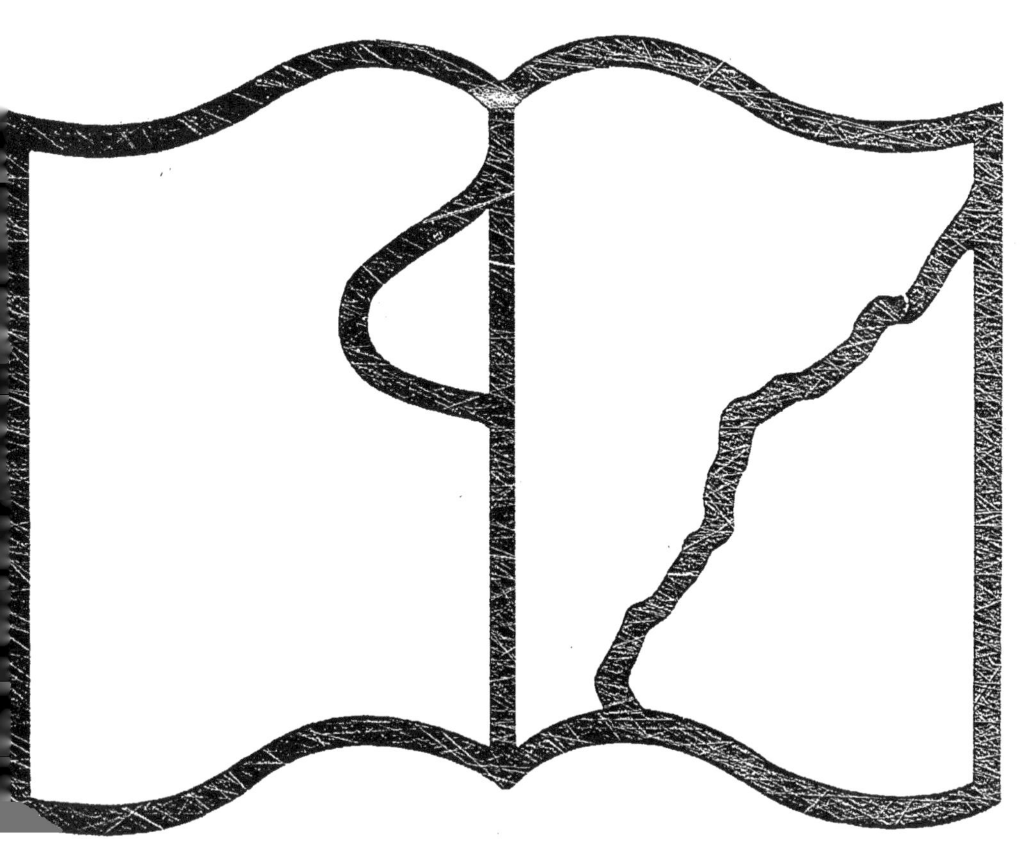

Texte détérioré — reliure défectueuse

NF Z 43-120-11

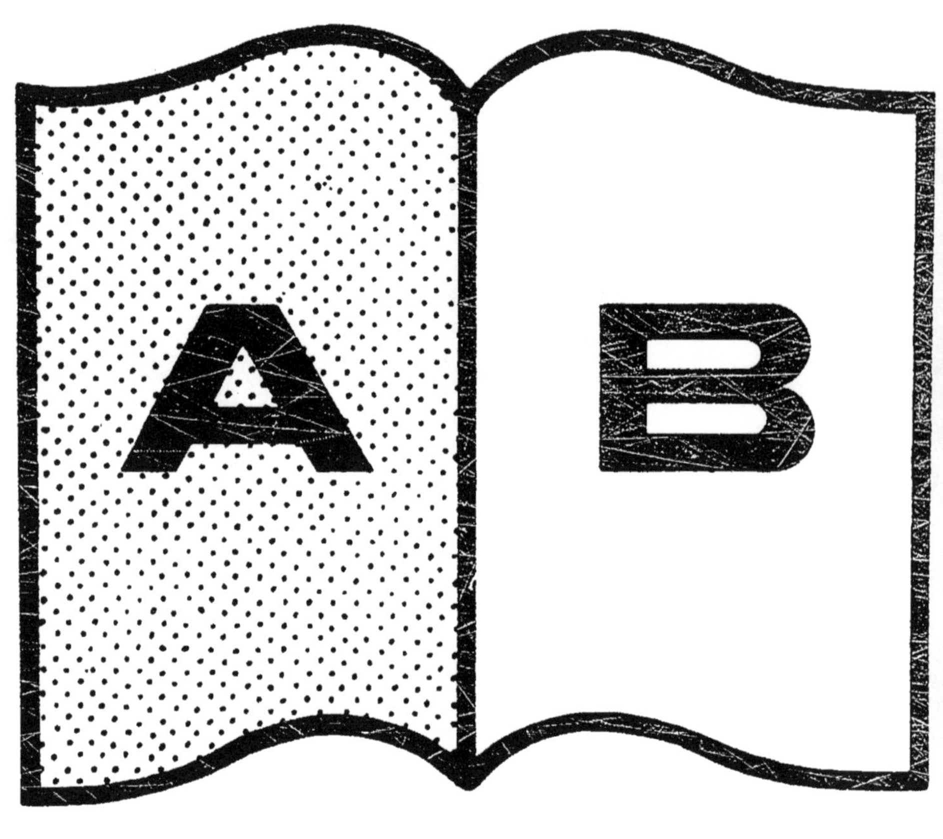

Contraste insuffisant

NF Z 43-120-14

www.ingramcontent.com/pod-product-compliance
Ingram Content Group UK Ltd.
Pitfield, Milton Keynes, MK11 3LW, UK
UKHW021137230726
13926UKWH00002B/855